你再不来，我要下雪了

黄小刀
HUANG-XIAODAO
著

河南人民出版社

图书在版编目（CIP）数据

你再不来，我要下雪了 / 黄小刀著. — 郑州 : 河南人民出版社，2017.12

ISBN 978-7-215-09274-7

Ⅰ. ①你… Ⅱ. ①黄… Ⅲ. ①故事—作品集—中国—当代 Ⅳ. ①I247.81

中国版本图书馆CIP数据核字(2017)第269558号

河南人民出版社出版发行

（地址：郑州市经五路66号　邮政编码：450002　电话：0371-65788067）

新华书店经销　河南瑞之光印刷股份有限公司印刷

开本 880毫米×1230毫米　1/32　印张 8

字数 180千字

2017年12月第1版　2017年12月第1次印刷

定价：32.00元

目录 CONTENTS

第三章 再见会是哪一年 我的旧街少年

第四章 有些故事随风吹过 散落在天涯

第五章 把所有的不安 拥抱成温暖

序

那个温暖柔软的黄小刀

沈嘉柯

我和小刀认识已经很长时间了。

他是一个怕麻烦别人的人。见面约地点，永远是先问你在哪里，然后自己过去找你。有什么线上活动想请你参加，在 QQ 上首先问的是你忙不忙，方不方便，是不是打扰到你了。在你一再追问到底什么事时才说，是这样的，我想麻烦你一件事，不知道会不会给你带来麻烦哦。然后再说自己的事情。他说话永远委婉，曲折，迂回且温暖。你交了一篇稿子，他看完，总会第一时间夸，写得非常棒啊，很不错的稿子。然后才轻轻试探地问，有一些地方，我们可不可以商量一下，比如这样调整一下是不是会更好一些，当然这只是建议啦，如果你觉得不合适，我们可以再商量。

注意！是再商量，可没说不改了……

他说话那么诚恳又特别小心翼翼，却又那样毋庸置疑，舒缓而柔软。后来，才知道，这种舒缓柔软的语言是很有杀伤力的，聊到最后，你都不好意思去拒绝，再难的事儿都尴尬地回应道，好吧，我答应你了。

当然，他每一次坚持总是有一定理由的。他的文字和他很贴合，他总能将一些极细微的情绪充分地在字里行间里散发出来：期待和妈妈见面的小男孩，寻找不到寄托的猫以及徘徊在闺密与倾慕男人之间的女孩的心……这些在他的笔下带着一些惋惜与失落，尊重与悲悯，还原给读者看。

我们认识了很多年之后，才在北京见了第一次面。

在一个夏日，我即将离开北京的中午。我们约定在一家饭店见面。

我堵在半路上，给他发信息说明情况，让他稍等片刻。他几乎秒回，好饭不怕晚，没事没事，知道要和偶像见面，等候也是快乐的。

一家稍显偏僻有着浓郁中国风的饭店里，两个在网上交流了数年的朋友终于见面了。那次，我们聊得很开心，也许是多年文字的接触，已然熟悉，也许是脾性相投，惺惺相惜，我们一点也不像第一次见面的朋友，天南海北，没有任何束缚地闲扯。分别时，意犹未尽。

离开饭店时，一个阿姨走过来和我握手。我有些意外，因为并不认识这个人。出了门，小刀说，这个人大概跟我一样，是你的粉丝吧。

至今我都没弄清那个阿姨为何跟我握手，但是我知道她肯定不会是我的读者。小刀当然也知道，但是小刀说那句话说得非常诚恳，是一个善意的谎言。那句话之后，小刀紧接着又说，我是看着你的书长大的，偶像。随后又重复，真的是看着你的书长大的。

我大笑，我有那么老吗？他赶忙否认说，都怪你出道早，我读书时，你早已写作了，所以说看着你的书长大的。你就是出名要趁早的典型。

他总说我是他的偶像。今天，我这个他嘴上一直挂着的偶像终于完成了他当年给的要求："给我写序，不要推辞哦。"坐等着那句他常在QQ上回复的话："好感动啊，啥也不说了，来北京吃烤鸭，都在烤鸭里了。"

我等那顿烤鸭，希望他不会忘记。

沈嘉柯，百万畅销书作家。蝉联2015、2016两届中国影响力作家文学贡献奖。

第一章

爱于刹那芳华

怦然心动的惊喜

我想和你一起生活，
在某个小镇，
共享无尽的黄昏，

和绵绵不绝的钟声。

从一场暗恋开始

坐在我面前的平安有着波澜不惊的面容。

她的眼神很纯真，仿佛涉世未深，又好似看透一切。微微一笑，淡定而从容，说起那些过往，好似在说别人的故事。

“我一开始也没能这样洒脱，经历得多了，就发现以前的多愁善感，真的是一件很扯淡的事情。”平安笑着说。

平安的故事是从一场暗恋开始的。

和曾乔认识，是因为平安跟着老师去和另外一个老师合作一个项目，在那天下午的动画设计专业的教师办公室里，平安第一次见到曾乔。

动画设计专业的楼房如同迷宫，找那间办公室，平安费了九牛二虎之力，在里面忽悠悠地转。等找到那间办公室的时候，平安如同没了力的陀螺，早已累觉不爱了。她直愣愣地看着那间办公室的编号，有些不敢相信，终于凭借一己之力找到了。

就在这个时候，有个男生的声音从身后传来：同学，你是找周老师吗？

平安回头，就这样看到了曾乔。

一个眉清目朗的男孩子，很帅气，甚至可以说，很漂亮，眼睛很亮，干净而机灵。

那天下午，因为转圈太多，平安一个劲儿喝水。曾乔很绅士地在一边给她不停地添水。

《红楼梦》上说，一杯为品，二杯为饮，三杯下肚，便是饮骡饮牛了。当平安意识到这一点时，已经喝了五大杯了。曾乔肯定以为自己是个蠢物。想到这一点时，平安就发觉自己非常在意面前这个男孩对自己的看法。

平安不敢喝水，与此同时，发现自己某个部位已经不堪负荷。

那天下午，上厕所的次数骤然频繁。

曾乔似乎不在意，他是周老师的学生，好似半个主人一般，在办公室里为所有人服务。

平安说，那天结束之后，她留了曾乔的电话。是她主动去约曾乔的，她发觉自己喜欢看他笑的样子。

是真的，那段时间，平安一边开始频繁地参与老师的项目，一边又找工作，压力非常大，而曾乔的笑容有一种让她安定的东西，使她感到轻松。彼此便有了更多的联系，那一个冬天，他们相约了很多家餐馆。

在南京的大街小巷吃喝，评论着哪一家酸菜鱼的味道更好，哪一家的地锅鸡味道更强。他们的口味如此一致，喜欢辣的、油腻的。

可是曾乔永远是那样瘦，而平安就略显臃肿了，这个冬天在吃吃喝喝中，变得更胖了。

曾乔说，其实女孩胖一点显得更有亲和力，知道赵丽颖吗？圆脸，婴儿肥，多好看，没有距离感，再看看某某，以前多可爱，减肥之后，瘦骨伶仃，好看吗？

平安笑着附和，但内心却笃定地答，瘦总是比胖好，这个社会的审美是折磨人的，但一切美的东西不都是在折磨人吗？

打耳洞，高跟鞋，瘦身，穿勾勒曲线的衣服，优美的坐姿，哪一点让人好受了？

美即是受难。

不过，有时候，曾乔会开玩笑，你看你这几天又胖了，看来真的要减肥了。

她知道，曾乔这句话是真的，但平安并不在意。

他们已经很熟悉了。

平安想到《甄嬛传》里面的一句话：以色侍君，终不长久。等到有一天，需要捅破窗户纸的时候，他发现自己是最有智慧的，智慧的女人往往是最有神采的。平安想到这里，就笑了。

然而真的能等到那一天吗？

在学校附近的新杂志咖啡店里。

曾乔约她见面，她见到了曾乔的女朋友，一个充满艺术气息的女孩，有着海藻一般的长发，清丽而瘦弱，美得有些不像话。那个时候的平安是短发，还没有留长发，只是喜欢短发的简单。

平安微笑地看着她的女朋友，微笑地听曾乔介绍，很少说话，只是那么静静地听着。曾乔说，平安，你今天怎么突然变得这么淑女了，这不是你的风格啊，转型了?

平安也不辩解。

很奇怪，平安以为自己会万念俱灰，然而她并没有，她感觉自己的内心深处如同一张写满千丝万缕柔肠百结的字的纸，一点一点被擦去，变得干净了，重新成为一张空白的纸。

只是留下了淡淡了无痕的印记，擦也擦不去。

入秋了，平安走出新杂志咖啡厅的时候，轻轻裹紧了大衣。

曾乔没有陪她一起走，他有他需要陪伴的人。

平安总觉得自己需要做点什么，否则太辜负自己这三个多月的暗恋时光了。

从哪儿开始?平安用手理了理自己不顺溜的头发，那就从头开始吧。那天，平安开始蓄海藻一般的头发。

他喜欢瘦弱的有苍白手指的女孩，自己如此健康，无法做到苍白，但是至少可以瘦削。平安开始了夜跑、节食。

平安努力让自己匆忙起来，比如学他喜欢的课程，自学着他的专业。

平安说，一开始真的是为了找到他存在的感觉，去做了很多事情，节食跑步，身体一点一点瘦削下来。熟练地完成动画设计，虽然自己没有这方面的才能，但是做起来，却觉得自己要被自己感动了。

有一天，平安突然看到曾乔的老家地址，在浙江的一个小镇上。

平安买了票，就独自一人去了曾乔的老家。

在那个小镇上，平安找了一家沿河而建的旅馆，要了一壶茶，看着冬日阳光下小镇的千娇百媚，平安感觉很温暖，一种莫名的安定感笼罩着她。她很平静，甚至有些迷恋那种平静，微眯着眼睛，看着眼前梦幻的江南水乡，好似好梦之人不愿醒来。

一边有缓缓的流水声，一边不知哪家的唱片机在播越剧："路遇大姐得音讯，九里桑园访兰英……"

时光轻轻地走过去，阳光慢慢地走过来。

人生变得缓慢了，人也变得轻松下来。

那一刻，她发觉自己忘记了曾乔，她变得很安稳。

我在，触摸到自己，那就已经足够。

平安在第二年的夏天，去了珠峰转山，那是曾乔一直想做，却一直没有去做的事情。

她记得有一天中午，他们在快餐店吃饭，突然在一本杂志上看到珠峰，曾乔眼睛一亮，他很想去珠峰旁边走一走，但一直没有时间。平安说，等你有时间都老了，想去就赶紧去。

这次，她去了，而曾乔，平安觉得，他大概永远都不会来珠峰。

那个时候，平安已经拥有了海藻一般的长发，很柔软，又很小资。

平安跟着队友，一步一步走在珠峰下，没有人说话，有风刮了过来，四周万籁俱寂，仿佛听到了自己的心跳声。没有杂念，心跳跟在脚步上，整个人是松弛的，又是紧张的，一切回归到了生命的本原。

平安努力让自己瘦弱下来，努力让自己变得苍白，拥有了一头海藻般的长发，在那次的转山中功亏一篑。她变得黑了，壮实了，头发依旧是海藻，只是失去了大海的滋养，海藻变得凌乱不堪，纠结成性，最终难以忍受，平安找了一把剪刀，“咔嚓”剪掉了它，扔在了路边，留下参差不齐的发梢。等回去了，再找个理发师打理吧。

扔掉头发那一刹那，平安很自然，似乎也没想那么多，直到走了很远，她突然想到了那被抛弃的发。她回头，看着扔头发的大致位置。

阳光下，一切变得不再真实，看不清那么远。

平安的脑海里如同倒带，关于曾乔的点点滴滴，但是这一次，她知道，这是最后一次倒带，以后可能要封存起来，永远不去打开了。

有队友叫她，快点跟上。

她回头，回应队友一个温暖的微笑……

如果没有半年多的旅程，也许你看到的我，就是这个样子。

平安拿出一张照片。

照片上的女孩很像安妮宝贝笔下的主人翁，一头海藻的长发，略显苍白的皮肤和洁净的手指以及波西米亚的长裙。但眼神温柔，甚至可以说是甜美，微笑着，优雅地端着杯子，品尝里面深红色的果汁。

这是属于曾乔时期的平安，她活成了他喜欢的样子。

眼前的这个女孩，回归本色。

健康的肤色，头发不算太长，垂肩，有一种女性的美丽，又有着倨傲的内质。

她是在真实地做自己。

这场暗恋让她获得了一次对自己的审视。

她说她感谢曾乔，如果不是他，自己不会去做这些事情，不会去感受江南的美好，不会去寻找属于自己的转山，不会用心去感受自己真正想要的东西。

曾乔给了她一把钥匙，她用这把钥匙，打开了自己想要打开的门。

后来你们见面了吗?

见了。

有感触吗?

有啊，怎么会没有，我依然珍视他。

那会向他表白吗?

不要打扰别人了吧。我的内心很平静，其实有些爱会随着时间的推移，慢慢消融，最终沉入心底，尘封起来。而这场暗恋的经历却让一个人长大了，让一个人触摸到比这份爱要大很多的世界和领悟。

这也许就是爱的意义，平安笑着说，一面将面前杯子里的白开水一饮而尽。

咖啡只等一个人

这个季节，晨染所在的城市总是下雨，绵绵的。下得人看了都觉得疲倦，而这雨却丝毫没有疲倦的意思，依然执拗地下着。空气里有点冷，晨染将暖气机对着自己，虽然有点自私，却能换来舒适，也引起不少办公室里的人共怒，想那么多干什么。

女孩过了二十五岁，没人主动请吃饭，没人主动请跳舞，更没有人主动来找她约会，算不算是件可悲的事？她，晨染，二十六岁，大学毕业四年，正是这样寂寞地走到今天。寂寞吗？有时候好像有一点，如果不是因为有安安这个热心人，这个感觉可能更重一些，看来应该感谢他。

安安几乎每天都会打电话来问候一下她的爱情状况，他为她一个月设定一个相亲计划，为她的爱情牵线搭桥，却一直没有遇上一个来电的，只能每次让他失望。

作为一个公司的策划，晨染也算是这个城市的半个白领了，每个月的工资自己总有结余，何必为了找长期饭票而放弃自由，舍不得。

手机又响，是安安，一天打来很多次电话的安安。

“喂。”她将声音放低，“怎么又在上班的时候给我打电话，老大看到会不高兴的。”

“对不起。”他在电话那端迅速地自我检讨，像喝水一样简单，毕竟这种检讨已经很多次了，他或许连愧疚的感觉都没有，“我给你物色了一个高质量的，要不要见见？”

这种约会，一点让她兴奋的基因都没有。如果有男人主动约她，感觉一定不是这个样子。

“见吧，已经见了十一个了，凑上你所说的这个极品，正好是一打。”她回应，没精打采。

“拜托，你有点精神好不好？”他听出她的无奈，还算是个知音。

“好了，下班后，老地方吃饭，老位置，还是老办法，我们吃饭，你买单，OK？”她丝毫不听他的，把话讲得飞快，然后猛地挂了电话。约会的好处就是白吃安安一顿，其实还是蛮不错的，因此她来者不拒。

安安是晨染的大学同学，毕业后同在一个城市上班，其貌不扬，中等身材，近视，消瘦，皮肤白皙，是那种掉到人堆里很难找到的人。安安没有女朋友，据说曾经有一个女孩对他穷追不舍，他却放弃了，这让晨染心痛了好些天，不为别的，这样的男人能有女人追，为什么她这样的女人就没有男人送上门来呢？如果哪一天真有个男人主动来约自己，就把他切成薄片，夹在面包里，涂上奶油吃了……坏了，坏了，怎么想到这里来了，晨染为自己的想法而吃惊，的确有些饿了，肚子在抗议，饥寒交迫，也不怪有这样的想法。看看时钟，再过五分钟就要下班了，晚上该让安安请吃什么呢？想了片刻，再去看钟，正好到点，人生的快乐就是这么简单。

老地方，老位置，前面十一次都选择的这个餐厅。前十分钟，晨染只顾吃，连头都没有抬，急匆匆地把肚子填饱之后才有机会抬头去看面前这个男人。腼腆型的，晨染凭借前十一次的经验，一眼就看出这个男人的性格。他对晨染的表现有些意外。晨染在吃的过程中，发现安安一直都在暗示着自己，晨染却不理这一套，等吃饱了之后才用挑衅的眼光去看安安。对于她，安安只能无可奈何地摇摇头，又将是一次失败的约会。

“你究竟是怎么回事，每次都这样吊儿郎当的？”事后的安安终于爆发出来他的不满，真是难为他忍受了这么长的时间。

“不要生气哦，你是男人，又不是像我这样的小女人。”她一点都不在乎，“生气多了，会伤肝的。”

“你的条件虽然不错，可是你也不能这样不把人家当回事啊，真不知道你的眼光有多高，什么样的男人才能入你的法眼！”他满腹的怨言。

天啊，他竟然觉得她条件不错哎，她都有点不敢相信自己的耳朵，肯定是骗人的，要不，他怎么不选自己呢？晨染马上将安安的话推翻。他还问什么样的男人能入自己的法眼，还要什么样的男人，真是被他搞得晕菜，只要是一个男人主动来约她，而不是为了相亲才来见面的，她立马就答应。

安安的怒气在她可爱的笑容前怎么也坚持不下去，不由得“扑哧”笑了出来，一切烟消云散，拨开云朵见青天般的快乐。

有时候，安安会在她面前怨天尤人地大发感慨。

“为什么你都看不上眼，难道你还没有玩够，都二十六了，也该稳定下来了。”他认真地批评她。

“谁叫你介绍的人都像你这样不养眼，我想答应也不行啊。”她“咕噜咕噜”喝奶茶，把贬他的话说得很轻松，没心没肺。

“你就这样看不起我啊？”这样的话安安已经听了一百零一回，一点也不大惊小怪，微薄的抗拒对晨染来说几乎构成不了威胁。

晨染始终没有去看他一眼，现在吃饱喝足，该是离开的时候了，对安安打个招呼，然后拼命挤进人满为患的公交车里。回头看了看安安，他好像有些失落，站在霓虹灯里，他自然找不到挤在公车里不能呼吸的晨染。她看他悄悄离开，感觉这个男人其实还挺可爱。

大学毕业后，他们在同一个城市里相遇，让他们即刻成为好朋友，安安说他很早就知道晨染，这也不奇怪，在大学里，晨染一直都是文艺骨干，什么演出没有她？所以晨染对此一笑置之。谈到感情归属，安安问她，“像你这样的女孩应该有大把的男生追了吧，有没有稳定下来？”

按理说她这样的条件，应该是约会不断，可奇怪的是，她的身边始终没有男人围绕。这样一问，让她也纳闷半天，以前没有注意的问题，浮出水面。

“没有啊。”她大大咧咧地喊，“你做个好心人帮我物色一下啦。”

他把眼睛睁得大大的，好像看见怪物，当他得到证实此言不虚，便一口答应下来为她物色男友，谁料她如此不专心，根本就没有诚意想稳定下来。

第二天晨染上班，安安的电话依然打了过来，问她对昨天男孩的感觉如何。她咿咿呀呀地应付，然后依然用“上班时间打电话老板会骂”的理由来推脱，把电话挂了，不管那边有多大的抗议，挂了电话的晨染一身轻松。

不到一分钟，铃声再次响起。安安真是个不到黄河心不死的人。接通电话，她不等对方说话就开始训他：“哎，你是怎么回事啊，不知道我在上班吗？不要再打过来好不好，等下了班请我吃饭，我慢慢告诉你感受，OK？”

那边没有了声音，奇怪，晨染喂了好几声，电话断了吗？仔细看了看，没有啊，怎么没有声音了，正在她奇怪的时候，他终于说话了：“你就这么怕听见我的声音吗？”听上去，他有些委屈，是不是太过了点，晨染心一软，语气缓了下来：“对不起，我道歉。”他叫她现在找个借口出来一下，他就在她楼下的“绿踪林”咖啡屋。

“这么急，有重要的事情吗？”她问他。

“有，很重要。”他答，不像是在开玩笑……

挂了电话，晨染找了个借口下楼，天空不知道什么时候开始纷纷扬扬地下了雪。“绿踪林”，她熟悉的地方，这里是安安找她出来聊天的常去之处。

一进门，就看见了安安。

“怎么，出了什么事情，屋子起火了吗？”晨染坐定，半开玩笑半追问。

安安笑了笑，去看晨染，“你想喝什么，我请你。”

“茶，碧螺春。”她不加思索。每次来这里都点这个茶，她已成习惯。

“你喜欢一样东西很难改变啊？”安安说。

“是啊，茶，我就喜欢碧螺春，看上去淡淡的绿，喝起来有点苦，入口之后却是甘甜，像爱情。”晨染品了一口茶，真是气定神闲，纯情得让安安瞠目结舌。

“你也向往爱情吗？”安安疑惑地看着她，“我还以为你根本就不需要呢。”

“怎么会，只要是女人都希望有一个白马王子。”晨染白了他一眼，毫不掩饰地说。

“那我介绍的男人，为什么你一点机会都不给他们？”

“谁叫你给我介绍的都和你一样没品位……”她瞪大眼睛嚷嚷，把刚刚表现出来的一点纯情扫得一干二净。

他叹了口气，原来自己给她的感觉一直没有改变啊，还是那样恶劣。

“我快要离开这个城市了。”安安一本正经地说。

“找到发财的地方了？”她眉飞色舞。

“不是。”安安尴尬地一笑，“半年前结识了一个女孩，彼此的感觉都挺不错的，你知道……像我这么大年纪的男人……是需要稳定的……”他吞吞吐吐地说道。

“你要结婚吗？”她好意外。

“我准备……去她所在的那个城市……在一起……生活一段时间……如果合适的话……”他继续说。

“你是说你要走啦？”她心里有种感觉，不知道是为什么，但很不好受。

“以后不能为你物色对象了。”安安遗憾地说，“真希望你能稳定下来，一个人在一个城市，有些时候总是觉得孤单的。”

“嗯。”她同意他的观点，失落的感觉让她很不好受，这个城市的冬天真的好冷，“你什么时候走？”

“明天吧。”安安看着她。

“明天，这么快？”她惊叫，“可是，明天我可能有事，没有时间送你走哎。”

“没关系，总还有机会见面的。”他一如既往地不怨她。

他们一起走出“绿踪林”，天已经黑了，时间过得真快，他们竟在一起待了整整一个下午。

雪花已经将街角覆盖成白色，天空中依然有雪花不断落下，没有声音，可以看见霓虹灯下的车吐着点点热气，他们分手，只剩下晨染一个人孤独走在街道上看雪花，回去吗？不，她不想，宿舍里只有她一个人，回去只会更孤独。她突然有想哭的感觉，这样漫长的夜，孤单得让她难受，霓虹灯为她孤单地发着光，执着地守着彼此的那一段路程，为她而寂寞。

从此没有人为她物色男友，没有人像个哥们儿一样陪她喝咖啡、吃晚饭，没有人帮她买单了。

他的离开让她感到寂寞，晨染从来没有想过他会离开，也从来没有感觉过他在自己心中的分量。如果一个人的离开对自己来说好像失去整个世界，算不算是爱上了他？她不知道，只是他在她心里真的好重要，她离不开他。

“晨染。”有人在身后喊她，好熟悉的声音，她对自己有些失望，怎么这么不争气，他走就走好了，你怎么能因为他离开而产生幻听呢，这不是你。

“晨染。”

可是，好像真的有人在身后喊她。

她回头，安安就站在身后不远处的霓虹灯下，他真的跟过来了。

“你都要走了，还跟过来干什么？”她大声喊。

“我在想我们是不是可以试着谈谈恋爱？”安安微笑。

街道上的行人很多，她的脸上好多泪水，可是顾不了那么多了，“你不是要去找你的女友吗？”她心里好多怨言。

他走了过来，抱紧她，“骗你的，谁叫你那样不在乎我。”

“混蛋！”她骂，“为什么不告诉我你喜欢我？”

“哪敢对你说我爱你啊？”他满腹委屈，“从大学的时候，我就喜欢你，但每次还没等我说呢，你就开始数落我了，什么没品位，没长相，没金钱，什么都没有，还敢追你啊。”

她靠在他的怀里，好舒服的感觉，“为什么还给我介绍那么多男朋友呢？”

“你既然看不上我，我就应该帮你物色一个你能看得上，人品还不错的男人，这样我才放心啊。”

“今天怎么敢告诉我了。”

“这不是知道了自己在你心中的位置了嘛，他狡猾地一笑，轻轻吻一下心爱的人的额头，饿不饿，我请你去老地方吃饭？”

好啊，她爽快答应。终于有人主动和她约会了，怎能放过。

霓虹灯寂寞地照着整个城市，可是它不属于她，她是快乐的。

他们身后是大片的雪花，轻轻地落着，好温馨。

我能想到最浪漫的故事

我爱你，所以你必须死在我前面。

这可能是我听到的最浪漫的一句情话了。

有时候，我们爱一个人，会变得患得患失，举止无措。在这个世界里，我们寻找着与自己最匹配的那个人，茫茫人海，似乎随时都可能擦身而过。

幸运的是，我遇到了你，遇到了那个甘愿且非常适合过一生的人。于是便不想再离开，期望每一分每一秒都照顾着你。

你必须死在我前面，这样我才能照顾你一生一世。

如果我死在前面，那我如何能轻松地离开这个尘世，离你远去呢？

死不瞑目，不是不甘心，而是不放心。

北京的初夏，午后下了一天的雨。

在这个北方城市，没有人种芭蕉，所以似乎也没有那么多缠绵的爱情。缠绵的爱情犹如白娘子与许仙、梁山伯与祝英台或者是七仙女与董永，最不济也是秋千架下春衫薄，一切都是南方的缠绵悱恻。

细雨中一把伞，伞下纤细的女子走过青石板的小巷，直到遇见那个阳光细腻且不失诗意的他。爱情也不直接，只是那一低头的温柔。

北方则不同，一场沙尘暴便毁灭了对所有美好梦境的幻想。何况在这样节奏如风驰电掣一般的大都市，所有人都那样忙忙碌碌，速度快得如同呼啸而过的地铁，任务、责任与工作排山倒海，扑面而来，让人无法喘息。

这场雨将空气里的杨絮洗刷得非常干净，雾霾也没有了，空气很清新，好舒服。时间在雨中迟缓了，化成了久违的思考。

也让人想到了爱情。

是谁多事种芭蕉，早也潇潇，晚也潇潇。没有芭蕉，依然有共此朝朝暮暮的晚霞，依然有你我之间浪漫而火热的北京之夏。

我去看了一场电影，是《北京遇上西雅图之不二情书》。很浪漫的一个故事，男女主用一封封缠绵的信勾连了两个城市。彼此心与心的交流，最终汇集一起，成为彼此的彼此。

影片结尾是两人并肩走在河畔，走在人群里，仿佛一场恋情的开始。

漫漫人生，纷扰的人群里，我们见面了，相爱了，于是电影结束了，你和我的故事却开始了。

爱情是什么，是走入彼此的心里。

原来你的心中一直空着一块位置，等待着我的出现，等待着我去填满。于是，我出现了，我的形状正好是你心里的那个形状。严丝合缝，没有一丝空间，我们互为彼此，用心参与到你的生命当中去，从此便是同路人。

故事里的那对老夫妻就是这样吧，他们的人生正好有了彼此，于是完整了。

爷爷总是念叨着，当年我还给你家送过几头驴呢，那是聘礼。奶奶则捂着嘴笑，一脸小女孩般的纯真。爷爷不服老，车开得飞快，任何事情都要自己去掌控，奶奶则百依百顺，将所有权力都交给他。女人有时候弱势一点，似乎更能享受到作为女人的乐趣。她接受爷爷对自己的照顾、抚慰。爷爷有时候像一座山，凭她依靠，有时候又像水一般，涓涓流淌到她的心里。

七十年很快就过去了，他们从两人世界变成三人世界，后来孩子有了出息，外出工作，他们又从三人世界回到二人世界，他们不离不弃，平淡而真实地生活着。

我能想到最浪漫的故事，就是和你一起慢慢变老。他们一同走过七十年，却从来没有一场正式的婚礼，于是在男主的帮助下，两人在教堂里举行了一场婚礼。

爷爷对奶奶说，每个人临死之前都会有一段时间，病得卧床不起，行动不便，你那么唠叨且又爱哭，但是我不会嫌弃你的，我会照顾你。

因为我爱你，你那么笨，如果我比你先死，你怎么搞定这一切？遇到麻烦的事情，谁来照顾你？遇到不顺心的事情，谁来安慰你？所以，你必须死在我前面，让我照顾你，直到你离去。

奶奶泪奔，与爷爷相拥在一起。

你必须死在我前面，让我照顾你，直到你离去。

爷爷也这么做了，当他发现奶奶的衣服没有穿好时，他动手去为奶奶整理，为奶奶开车，考驾照，哪怕知道自己的年龄已经不适合了。奶奶愿意听爷爷的胡说八道，倒不是全面附和，有时候奶奶会反诘爷爷，但爷爷却并不觉得下不了台。其乐融融，也乐此不疲。

当爷爷不允许她为来看房的男主倒茶时，奶奶便坐在一旁不说话。当爷爷开车将自己的房子撞出一个大窟窿时，奶奶虽然焦虑，但有爷爷在身边，她变得特别安稳，像一个小女孩一般哭着索求爷爷的安慰。

我会死在你前面，让你去照顾我，直到我离去，让你圆满地完成你想做的一切事，让你完成你的愿望。

这可能就是奶奶想要对爷爷说的话，只是这些话，一直藏在奶奶的心里，未曾说出口来。奶奶爱爷爷爱得深沉。

《神雕侠侣》里，小龙女和杨过中了情花之毒后，两人回到了古墓，打算安安稳稳地做十八天的夫妻，然后相拥死去。

小龙女穿上了祖师婆婆的凤冠霞帔，却泫然泪下。想到只有十八天，不免叹息，十八天，太短了，怎么够……

怎么够……小龙女本来就是一个清冷之人，即使说出这样的话来，依然安安静静，似乎再平常不过了。

然而却如同响雷一样震在了杨过心里。

情花原来真的是世上最毒的毒药，情果然是最伤人的利器，无坚不摧。

十八天，太短了，怎么够……

这也许是世上最凄凉的情话。

爱情有时候会变成如同宗教一般的信仰。

在《天龙八部》里，游坦之对阿紫如同膜拜，哪怕为她付出一切也在所不惜，而他也非常清楚，阿紫并不爱自己，只是为了利用自己，折磨自己，但这有何妨，陪伴在这个女人身边，已经是最快乐的事情了。

这让人想起了那个一直为了徐志摩而努力的张幼仪。

徐志摩有着自己宗教一般爱情的信仰，执着追求着林徽因，为了她，他甘愿付出一切，不但自己付出一切，也不去考虑依附于自己的张幼仪，爱得义无反顾。他为了她不惜一切，像极了游坦之。

林徽因却最终没有选择他。好在，徐志摩最终遇到了陆小曼，弥补了内心爱情信仰的缺失。

张幼仪独立、坚强，她要在他局促之时，为他留一寸之地。然而徐志摩的生命迅速地陨落。

她侍奉他的双亲，为他编撰文集，做一切她能做的关于他的事。若干年后，有人问张幼仪，你爱徐志摩吗?

她摇了摇头，说了下面一段话：

你总是问我，我爱不爱徐志摩。你晓得，我没办法回答这个问题。我对这问题很迷惑，因为每个人总是告诉我，我为徐志摩做了这么多事，我一定是爱他的。可是，我没办法说什么叫爱，我这辈子从没跟什么人说过“我爱你”。如果照顾徐志摩和他家人叫作爱的话，那我大概爱他吧。在他一生当中遇到的几个女人里面，说不定我最爱他。

爱就是要做他想做要做的事情。在他死后，去完成他不能完成的承诺和义务，这就是爱情，平淡而朴实，不为外人所知道，就那样静静地安心地做下去。

电影《北京遇见西雅图之不二情书》的最后，爷爷先于奶奶去世。

奶奶开始为爷爷做一切善后的事情：将他的骨灰撒到湖里，将房契放到了男主角的手中（爷爷生前的愿望，委托男主卖房），静静地带着他的念想回到了中国。

原来，奶奶也同样舍不得爷爷死在自己之后，她要照顾的也是爷爷的一生一世，即使他死了，她也要将他没有完成的愿望一点一点地完成。

他们的故事，在巍巍青山中结束了，奶奶与吴秀波扮演的男主角拥抱在了一起，她说，她完成了爷爷所交代的一切。她觉得很满足，一生有这样一个伴，一切都变得不需要去计较了。

他们的故事让吴秀波萌生了与一直通信的女主见面的欲望。

其实这个时候，这对年轻的男女心里应该已经了解了爱情，已经知道该如何去面对这份爱情。

我们的人生，留给我们的时间并不多，遇见了那个对的人，如何能放下，如何能继续等待下去？

你必须在我面前，让我去照顾你，参与到你的生活中，完成你的人生。

爷爷在婚礼上说，老太太，如果你先离我而去，如果你愿意在那边等我，那就等等我，我们继续做夫妻；如果你不愿意等我，找一个比我更能照顾你的，好好幸福地生活，我去了那边也会祝福你们的。

其实，说出这样话的人，在你的生命里，怎么可能还有第二个，怎么可能还有这么用情至深、倾其所有的人？

奶奶在小船上撒骨灰，心里在想什么呢？

也许她什么都没有想，爱就是为他做好一切的事情。

这让人想到了眷念沙漠的台湾女作家三毛。

有人说，因为爱一个人，那个人所在的城市都变得熠熠生辉，仿佛里面存了一颗宝石，那样让人念念不忘，吸引着你。

于是三毛那样眷念着撒哈拉和西班牙，因为那里有着她与那个大胡子男孩的一切故事和他们共同走过的人生。

你已经死在我前面，那么接下来，我要为你做一切的事情。三毛用文字记录他们曾经的爱情，对他的思念，以及为他清理墓碑，每一次给他带来最美的花朵。

她用心地活下去，直到有一天实在支撑不下去。

这世界上最无奈的事情，就是离别、分开，世事无常，云聚云散，而我们却偏偏喜欢说那句：

我要跟你一辈子在一起。

执念！但是这又何妨？

爱一个人，就是要有这样的憧憬，哪怕有一天无法完成这个憧憬，但是我们曾经这样努力过，我愿意为你做一切事情，我愿意用我的生命去爱你，用我的一生去供养这份爱，这些难道还不够吗？这些难道还不是一辈子吗？

爱是不二情书，用一秒钟去相爱，用一辈子去承诺。

只要最后是你，晚点没关系

对于爱情，于卡一直都是我们当中最焦虑的一个。

我们会问她，你为啥不降低一下标准呢？

于卡瞪了我们一眼，降低什么标准？是去找卖菜的？还是去找收垃圾的？

有朋友挤兑，你还别看不起卖菜的，收垃圾的，前者做的是绿色食品开发，后者做的是环保可再生资源开发，都是百万富翁。

于卡不屑，据理力争，我要的不是物质，我要的是精神层面，我的标准就是没有标准，只要看对眼了，没钱我嫁，千万资产的富二代，我也嫁。

这么多年，就没有一个看上眼的？我问。

她摇了摇头，我们还是换个话题吧。

于是，于卡的爱情话题戛然而止。

其实在恋爱中，没有要求的要求才是最高的要求。

如果你说要有房，有车，有钱，或者是大眼睛，长头发，瘦的，胖的，要么独生子，事业单位的，有户口的。这些都是很具象化的要求，虽然有时候具象化要求很难找，但终归是可以对号入座的。但如果你说，要找能对上眼的……

这个……基本上很难……

于卡就属于很难的那种，她追求的是一种精神上的爱恋。

是电光火石般的，刹那间便永恒的，爱——情——

我们一边叹息着于卡的坚持，一边敬佩于卡的纯粹，一边又隐隐担忧着于卡的归宿。

正当我们每个人还在爱情的路上长途跋涉的时候，于卡却给我们送来请柬，她要结婚了。

闪婚。

好时尚的名词。

于卡，你是随随便便找了一个人结婚的吗？

于卡，你是降低了自己的标准吗？

于卡，你不再坚持你的要求了吗？

于卡淡定地喝着咖啡，淡定地看着我们这一群“狐朋狗友”，然后冷静地说，时间短不代表将就，你们真的以为我一辈子都找不到和我对上眼的那个人吗？

很不巧，找到了。

很不巧，那个人看我也看对上眼了，王八看绿豆。

很不巧，这只王八还不错，这颗绿豆没发霉。我们都准备好的，为了爱情结婚。

我们除了为于卡高兴，还能做什么呢？

这场婚礼，简单而粗暴，只是请大家吃了一顿饭，连饭店都不是认真选的，是我们这伙人经常聚餐的一个很简陋的路边饭店。

吃完饭，大家一通祝贺，该逛街的逛街，该回家的回家，该甜蜜的甜蜜去，该做单身狗的继续做单身狗去。

那天，我第一次看到于卡的另一半。

怎么说呢？不算帅气，但看起来很体贴的一个人，有点婴儿肥，但眼睛却很明亮，透着一种非常有主见的精明，精明但不世故吧。

那时候，我真的觉得自己很幸福，一生能遇到这样一个人，哪怕再活一天就已经足够了。于卡说。

说这些话的时候，于卡显得有些疲惫。

这次的谈话离于卡新婚已经一年之久。一年的时间对于一对夫妻而言，可能还算是新婚，然而于卡却疲态尽显。

这一年里，于卡很少和我们这群死党吃饭，聊天，逛街。

于卡更多的是收起淑女的裙子，穿上主妇的服装，辞去工作，洗手做羹汤。

他喜欢回来吃到热的饭菜。

他喜欢回来桌上的茶冒着热气。

他喜欢我烤的面包和煮的热咖啡。

你知道吗？他对我的炒饭也赞不绝口，里面加了老干妈和我自制的辣椒酱。

他的生活很精致，喜欢衬衫永远是干净的，连内裤都是工工整整摆在柜子里。

他是一个精致而诗意的男人。

他觉得和我在一起的生活很温暖。

在于卡结婚后的三个月，我看到于卡说这些的时候，她眼睛里放着光，一脸小女人的温柔体贴，没有了曾经那种锐利与看透世事的锋芒。

可一年后，于卡不再这么想了。

于卡显得疲倦，眼神失去了光泽。

我不知道到底哪里出了问题，只是潜意识里，有一个声音在告诉我，我的生活不该是这样。

我不能跟任何人说我的感受。因为别人要么说，这个人就是你爱的男人啊，你身在福中，又在作啊。要么就是冷笑，当初爱情至上，又怎么样，做人还是实际点好。

于卡有些沮丧，真的不是他不好，真的不是。

是的，一切都好，家里飘着烟火气息，有他最爱喝的茶，有你最爱的烟草味道，还有温暖醇厚的咖啡，洗过的带着肥皂香味整洁的衬衫，只是没有了你，于卡，只是没有了你。我说。

这句话，不知道是不是点醒了于卡。

她抬头看着我，咖啡店里低沉的音乐配着那双迷茫的眼睛，让人有一丝疼惜。

于卡并没有因此而改变什么，爱情有时候会让人冲昏头脑，忘记一切。

不到两年，于卡的婚姻走到了尽头，开始了单身的生活。

一切回到两年前的状态。这一次于卡想的不再是对上眼的爱情。

似乎一夜之间，曾经的那个于卡回来了。她开始穿公主的长裙，头发不再凌乱地团在一起，而是柔顺且飘逸地披在脑后。听从美发师的建议，她将自己长而直的发烫得微卷，浑身散发着女性的温柔与甜美。

她的目光不再忧愁，恬淡的气息稳定而从容，再度回到淑女。

这些还不算，她找到一份工作，月薪不低，是一家图书策划公司资深编辑，她开始探讨时尚的话题，美食、旅行和不同于常人的生活，她追求的精致生活再度回来了。

当然，这之前的两年，她也在追逐精致的生活，但不是自己的，而是属于他的。

这一年里，她出了一本美食书，里面吃的东西千奇百怪，每一道菜暗合着一种心情。她告诉我，这些菜连缀在一起，就是她的人生。

她请我们去她家吃饭，做她书里的每一道菜。

她用清蒸鲈鱼、香菇菜心代表没有结婚前的她，而现在的她却用清水白菜、佛跳墙来形容。那时候，比较单纯，一切都是想当然，是本色，而现在看似依旧单纯，风轻云淡，却已经经历了许多，内在发生了变化，如同清水白菜和佛跳墙，看起来都是平淡无奇，其实是多少道工序融合而成的华美料理。

那婚姻那两年呢？

她淡淡地说，有点像川菜吧，味道十足，麻辣劲道，却失去了食材的原汁原味，失去了自己的本真。

她说，如今是自己期待太久了的一种宣泄。

他很好，却来错了时间，注定成为我爱情中的炮灰。

于卡在给我们做完菜之后，踏上了她长久以来梦寐以求的长途旅行。

飞到海南，再从海口坐火车去广州，再到广西，去云南，再到四川，最后进藏，再从西藏飞回北京。

一路上，她独自一个人，只是不是穷游。

那时候，她足以用积蓄供养自己安逸的生活。

与其说是旅游，不如说是一次自我的思考和调整，我到底要什么样的生活，到底需要什么样的人陪伴，我要的爱情到底应该是怎样的。

都是一些人类一思考，上帝就发笑的问题。

但于卡这次认真地思考了。

一个人的旅行没有她想象的那么沉闷，当然也没那么热闹，只是适于于卡的心境，可以好好安静下来，整理思绪。

再度见到于卡，她变黑了许多，整个人却精神了，眼睛回到最初的那种纯粹而毫无压力的透彻。

于卡重新获得了恋爱。

在西藏旅行中，她经历了一场车祸，车子滚下了山坡，那场车祸破坏性并不强，受伤的乘客也只是轻微擦伤。她和他就那么滚在了一起。他们没有经历什么生死的考验，也没有英雄救美。

他们只是坐在原地，静静等人来处理这场事故。

四周开阔，天空蓝得让人恨不得撕开自己的胸腔，空气通透得仿佛可以穿过生死。

她的手擦伤了，那个男孩用随身带的过氧化氢为她清洗伤口。他们开始聊天，男孩说西藏是一个可以让人心灵洗涤的地方。

她问男孩，你得到洗涤了吗?

男孩笑着说，还洗涤呢，已经两天没洗澡了。不过，这儿的风景可真美，如果说感悟，倒是真有点感悟。

说来听听。她笑着问。

他说，其实所有的心境都是发自内心的，你到底要怎样，你的幸福，你的快乐，你的感知，都是内心世界的，如果你自己意识不到这一点，你永远都不会幸福快乐。认识不了便是孤独，认知了，就是了悟。

说得好玄是不是。

但可能真是那句话，拉近了他和她的距离。

她知道他们对上眼了。

这一次于卡没有特意为他洗手做羹汤，没有为了他喝上滚烫的茶水、热气腾腾的饭菜而放弃工作。

于卡依旧有自己的世界，有自己的人生。

她专注于下一本书的策划，动用自己的人脉找到一流的摄影师和一流的写作团队，紧锣密鼓。

有空的时候，他们会去看看最新的电影，去逛一逛郊区的山野，她陪在他身边，一切变得那么富有生机。

她和他的爱情很甜蜜，也很美好。

我们这群死党还会经常聚到一起，彼此挤对。

提到上一任，于卡只是淡淡地说，他很好，只是自己爱得太用力了。

当你握紧拳头，你其实什么都抓不住；当你摊开手掌，其实你获得了全世界。爱情也是这样，你爱一个人，难免会用力去握紧他。为他，你甘愿付出一切，然而这种甘愿换来的生活并不如预期。你会以为自己爱错了，好像哪儿出问题了，为什么自己付出那么多，别人却无动于衷。

事实上，你给了对方压力。这对于他是否公平呢？对自己又是否公平呢？

爱你的我依然是我。

我和你并肩走着，看夕阳西下，看彩霞满天，而不是融化在你的世界里，成为你世界里的配角。

玫瑰姐姐

我们经常会听到有些人说，我怎么瞎了眼睛，挑了这样一个男人，浪费了我这么多年的时光。

要么就是，我的青春，我的才华，我的抱负全都毁在这个女人手里了。

是不是事实姑且不说，如果你真的爱过，这么说，会不会太对不起这么长时间的付出。将爱情中的爱和恨全部都抛去不提，你人生当中的那段时光是不是也不复存在了？这么说，你有没有觉得可惜？

在直播间认识了玫瑰姐姐。

视频里，看不出玫瑰姐姐多大年纪，但显然不是很年轻了。玫瑰姐姐胖胖的，大波浪的长发，烟熏妆，妆化得很浓，喜欢像某选秀节目里的一个评委那样戴一朵花，只是她总戴着的是玫瑰，一副神婆的样子。

江湖人称，玫瑰姐姐。

在黯淡的光线里，给人算塔罗牌，像极了神婆，自带神秘气息。

我说我暗恋的人马上就要结婚了，赶紧帮我占卜一下，我跟她还有交集吗？姐姐摇摇头，这个我不能给你算，塔罗牌是有暗示性的，我怕耽误了你。

我说，我怕自己放弃了会后悔，我怕自己努力了之后没有得到，依然后悔。

如果你真的觉得这段暗恋值得珍惜，那就先把过去珍藏起来，下一步如果想继续坚持下去，姐姐支持你，如果你不想坚持下去了，姐姐也支持你。

想坚持，她结婚了又怎样？不想坚持，她一辈子单身，你又能怎样？

姐姐跟我说话的时候，慎重极了，像是一个历经沧桑的长者在跟一个初涉世事的孩子。

姐姐不再搭理我，给下一个人算运程去了。

姐姐第一个男朋友，出现在她父亲癌症去世之后，母亲完全支撑不了这个风雨飘摇的家。

一个妹妹、一个弟弟还等着钱换粮食上学，等着钱买衣服，贫贱家庭百事哀，各有各的不幸，但终归都是不幸的。

无奈之下，姐姐去了省城，开始打拼生活。

姐姐说，自己那时候为了省钱，火车站、广场、公园……什么地方都睡过，都快忘记自己是个女人了，风里来雨里去。

姐姐说，那时候每天上午都盼着能找一家工资高的小店去做，到了傍晚，就恨不得能找到一个可以洗热水澡，可以吃口热饭的地方，不用露天睡觉就可以了。但即使是这样，姐姐依然有自己的自尊。

那天，她睡在公园里，遇到了她生命中第一个男朋友。

男人见她可怜，递给她十块钱，让她去买点吃的。她从凉亭中起身，将钱还给了那个男人。你可能搞错了，我不是乞丐，我只是一个打工的。姐姐说。

男人觉得她与众不同，夕阳中的姐姐露出青涩的容貌。眼睛很亮，映照着金灿灿的夕阳，变得像火一般燃烧着。

男人家里正好缺一个保姆，照顾她的母亲。

姐姐照顾他生病的母亲，直到他母亲去世。

男人发现自己爱上了这个踏实、漂亮的女孩儿。

他那么爱她，呵护她，怎么愿意看着她去照顾自己，成为自己的保姆？他要她做自己的女朋友，他愿意努力挣钱贴补姐姐的家用。

那一刻，姐姐被感动了。

他们依然生活在同一个屋檐下，只是他们的关系发生了很大的变化。她不再是保姆，而是他的女朋友。

有一段时间她觉得人生应该一直这样下去，这才是姐姐期望的人生。

清晨起床便是阳光明媚，打开窗户，满嘴都是新鲜空气的味道，沁人心脾，厨房里，那个男人为她煎着鸡蛋，香味飘出来，让人忍不住咽一口口水。到了傍晚，她只需要等在窗前，翻开一本画册，或者研究自己喜欢的塔罗牌，不时瞅着小区的大门，等待男人在那里出现，回家。

她发现，自己的任何烦恼都会被那个男人扛起来，弟弟妹妹上学，妈妈的身体不好等等，一系列家里的事情都不需要自己操心了，她只需要享受现下的生活便是。

男人告诉姐姐，自己的父母已经去世了，现在又多了一个妈妈，两个姐弟，多了一个家。他愿意全身心地付出，为整个家，也为他们。

也许这就是爱屋及乌吧。

但是时间久了，窗外的一切便变得竟有些不真实，她最真实的触感都变成了塔罗牌里的预言。姐姐觉得自己似乎已经没有了自由，在这个城市里，不认识任何人，无法跟外界接触，只有他。

他是爱着自己，但是这跟圈养一个宠物又有什么区别呢？

姐姐想来想去最后还是离开了他。

姐姐记得那天，趁他不在家，独自收拾好行李，将银行卡、钥匙放在了桌子上，关上门，离去。

她不忍见他最后一面，但她又坚定自己是必须要走的。

是不是有点贱？

不是！！！姐姐大声抗议，爱情是要契合的，不是单方面付出，别人就必须接受的，不对榫，任何付出都没有用。千万不要感动了自己，却让对方讨厌了自己。

她很感激这个男人，她像一个小女人一样幸福着，她珍藏着那段日子，将它化成底片上的一抹彩色，永远地烙在心底，封存，也许永远不会再开始，也许到两鬓如霜的时候，揭开它，仿佛谈论着别人的故事。

但是，她终究不是小女人，她没有办法在那个世界里生活太久，否则她会干涸、死亡。

姐姐还是哭了，在街头的十字路口，哭成了狗。

天气很热，街道热得吱吱响，像是在做巨大的铁板烧，眼泪一下子就蒸发掉了，不留任何痕迹。

这个城市每天有那么多的生离死别，自己这个又算什么呢？她这么安慰自己，但是她再度否定了这个问题，算，当然算，这个属于自己的爱情，属于自己人生的一个部分，可能对于别人来说，根本不算什么，但对于她而言，是值得珍惜的。

只是偏离了自己的人生轨道。

对不起，真的对不起，我必须回到我要的那个人生当中去。

姐姐擦干了眼泪，走进了街头熙熙攘攘的人群中。

随后奋斗的日子里，姐姐遇到了生命中的第二个男人。

他们是网恋，也许现实太过残酷与现实，姐姐和那个男人在网络上相识，如同一股清风，带着一种前所未有的体验和神秘感，一下子让姐姐陶醉了。那个男人在另外一个城市，他们在网络上认识了一年，他是一个健谈而有丰富学识的男人。他理解姐姐的苦楚，他觉得姐姐是个大女人，是一个可以挑起生活担子的人，哪怕有一天天塌下来，姐姐也不形于色，谈笑风生。这样的女人让他着迷。

姐姐呢，也许喜欢这种角色，也许内心深处对自己这种角色无比认同，他们的交往很是妥帖，自然。

有一天，男人突然打电话告诉姐姐，他已经来到了她的城市，他想要跟她在一起。

男人给了她海誓山盟，曾经的工作、家庭，甚至父母他都搁下，连带着曾经的生活也一并放弃了，他就是要跟她在一起。

他愿意为她不顾一切。

可是，你是什么人？是孙悟空，石头缝里蹦出来的吗？还是葫芦娃，在树枝上结出来的？孙悟空还是有牵挂的，有花果山，有唐僧，有三个师兄弟。葫芦娃也有爷爷啊。你是人啊，你应该有过往，有曾经，有你的牵挂与不舍啊，否则你和一块石头有什么区别？

姐姐知道了这一切，毅然决然地带他去了火车站，给他买了一张回城的火车票。一个连父母都可以舍弃的人，什么舍弃不了？如果有一天，他舍弃了我，我怎么办？我的爱怎么办？我不需要空中楼阁，我需要现实的人间烟火。

男人就那样被姐姐送走了。

一年后，男人给她打电话，说是在姐姐的城市出差，钱包被偷了，没有钱，想向姐姐借 200 块钱回程。

姐姐赶到了他们相约的广场。男人问姐姐，我们能重新开始吗？

姐姐黯然地看着男人，慢慢来吧，现在说重新开始似乎早了，我们彼此给自己一个适应的时间吧。

姐姐给了男人 500 块钱，还给他送了吃的喝的，送他上了火车。

那一刻，男人的眼眶红了。姐姐也哽咽了，姐姐像个小女人一样恋恋不舍地看着火车离去，应该可以慢一些、再慢一些，电影里都是这么演的，可是男人乘的车却飞快地开离了车站。

男人坐的是高铁。

姐姐说，她很希望她和那个男人之间的故事可以延续下去，她渴望这一份感情能够成为她生命中最重要的组成部分。

可是，让姐姐没有想到的是，这个男人一去不复返了，再也没有和她有过任何联系，杳无音信。

你觉得我会恨这个男人吗？

姐姐摇了摇头，我不恨，因为我付出了，付出了我的感情和我的时间，我恨便是辜负了那一段光阴。

我会珍藏起来，至于他的诚信，我只能说那是另外一回事了。

姐姐说，第一个男人是爱我的人，虽然不适合我。第二个男人是我曾经爱过的，同样也期望过的。

爱过就要珍惜，在这个世界上，能让你付出真心的人，你都应该去珍惜，因为你珍惜的是付出的那一份真心。而能对你付出真心的人，你更要去珍惜，因为这个世界上，能为你付出的人少之又少，有一天你会发现屈指可数。

姐姐说，自己现在虽然胖了，老了，似乎没有人愿意在感官上接受她了，但是她依然等待自己的爱情，哪怕不成功，又有什么关系，爱过就是值得的。

人生就是一个不断经历的过程。缘分就是天上两片云朵，不经意间交融或擦身而过，我们要做的是珍惜每一步，每一个人，每一份属于自己的那份经历。

青橙与冉峰

青橙与冉峰的故事，缘于大学宿舍的联谊。

好像很多故事都是从联谊开始的。

一个男生宿舍里面某一个喜欢捣鼓事情的同学牵头，找到老乡女生，然后两个宿舍一起吃个饭，彼此认识一下，便成了大学校园里的寝室联谊。

当然也有动机不纯的，这种不纯倒也无伤大雅。

学妹来了，第一时间把握好机会。那些学长一个个眼睛贼溜溜地转，稍微晚一点，如花似玉的学妹就已经被他人收入囊中。留下的……呵呵，一般怎么还会有留下的？

那晚联谊的饭局，青橙铆足了劲儿吃，那些菜特别符合她的口味。她脸上容易长痘，而那晚的菜既不油腻，又不辣，真正是爱死宝宝了。哪里管来的人是谁，先吃饱再说。何止是吃饱了，青橙后来吃得直打嗝，两眼发直，都没认清楚对面坐着的男生到底是谁。

宿舍里的姐姐看青橙吃得惊天动地，不由地问，你在高中已经有男朋友了吗？

青橙摇了摇头，一脸懵懂。

那个姐姐恨铁不成钢地摇了摇头，说，那你还吃个什么劲儿，好学长可不多，还不先下手为强，等你吃完饭，把肚子弄饱再回过神来，剩下的……

唉……还有剩下的吗？你真是个吃货！

那晚，一个叫冉峰的男同学加了她的 QQ。

她隐约记得，饭局上，宿舍里的大姐一声高呼，超级有感染力的声音号召大家：互相交换一下 QQ 啊，挨个给我报一遍。

青橙条件反射地报了一遍，就为了那一遍 QQ 号，一根鱼刺直愣愣地冲进了她的喉咙里，上不来，下不去……

青橙被鱼刺卡住了……

一个相貌丑陋的男生坐在她的旁边，看她两眼涨红，一个劲儿吞着米饭，如同饕餮，吓得那个男生不敢说话，不由吞了好几口口水。大米饭有那么好吃吗？

这是哪儿来的八戒姐姐，这要娶回去，吃起来，家里十斗八仓的，还不全部给吃空了。黄世仁也能吃成杨白劳啊。

几番努力，千般辛苦。青橙终于用饭团压下那根鱼刺，舒了口气，回头看，那个相貌丑陋的男生已经坐离她数尺远。

难怪冉峰说，那天晚上，他一直盯着她吃东西。他还真没有想到，一个女孩子竟然那样能吃能喝，而且全然不顾形象。

屁！谁不顾形象！

宝宝我平时也是慢条斯理的，纤纤玉手柔弱地夹着香菇青菜，轻轻咬一口，缓缓说一句，饱了！那一顿就算是吃够了。

谁能想到会……会被一根鱼刺卡到六亲不认？青橙在冉峰说她能吃的时候，反驳道。

不过，冉峰还是加了她的QQ。

大姐大一脸的责怪，问青橙，你到底有没有看那群学长啊？青橙摇了摇头，真没有，哪里顾得上。

大姐大叹息，厉色，那还不快点要照片，仔细比对比对。唉……为了你们，我真是操碎了心。等你们结婚了，各个都要请我吃一顿烤猪蹄！

烤猪蹄，是大姐大的最爱。

青橙依言，问对方，有你们宿舍的照片吗？把你们照片发过来吧。

冉峰“啪”地发了一张照片过来。

青橙吓了一跳，这不是那晚坐在自己身边，被自己吓得退了几尺远的那个男生吗？

一般按理说，一个人的长相总是有点优点的。

哪怕他再丑，也能有入人眼的地方。比如头发柔顺，比如眼睛很亮，比如鼻梁很高，比如嘴唇很性感，比如一嘴整齐的牙齿……

如果你想忽略他的尊容，那么集中注意力观察这个人的优点，也许……说不定……你会爱上这个人。即使不会爱上，至少不会那么讨厌吧！

然而，并没有什么用。

这个人在长相上没有一点优势，如同一个成绩非常差的学生做出来的考卷，哪怕你希望从他的考卷里发现一丝闪光点，任你想破脑袋，也找不到一点出彩的地方。

青橙倒是礼貌，找着话题，说上几句，对方一一应答，倒也不热情。

这是一次失败的接触。

次日，在学校的路上，青橙还真的遇到了网上聊天的那个人。

青橙没回过神来，与他擦肩而过。

青橙眉头皱了皱，那个男人怎么如此熟悉，丑得非常有特点，只是因为在人群中看了你一眼，再也不能忘记你容颜。

青橙回头，已见他走远了。叫什么来着？青橙在脑海里翻找着那个人的名字，“冉峰”，对，是这两个字。

青橙喊，冉峰，冉峰。

对方竟然一点反应都没有，一直走到男生宿舍大楼去了。

耳朵聋了？还是故意不想搭理自己。我长得丑到没朋友吗？如果真的丑到没朋友，那也应该是他吧。

他第一，我才是第二。

青橙一面往自习室走，一面脑海里一万匹“羊驼”在奔腾。

她决定上网，再也不搭理那个丑到无以复加的男人。

那天晚上，丑到无以复加的男人跟青橙说话，青橙真的不搭理，继续做她的功课。看着那个QQ头像在电脑右下角闪动着，青橙有一种报复性的快感。

直到有一天……

一次集体大课上，一名老师点名让人回答问题。

青橙正在打瞌睡，迷迷糊糊，魂至九霄云外，隐隐约约听到从老师口里吐出两个字“青橙”。青橙一惊，收魂归心，茫然无措地站了起来，呆呆地看着老师。

老师目光和蔼，点头示意。可是，她连老师在说什么都不知道啊。

暗无天日的几秒钟，丢人丢得好彻底。

就在这个时候，有人举手了，老师的目光被后排的一个男同学夺过去了。趁此机会，青橙缓缓坐了下来。那个男同学流利地将问题回答了，老师的表情说明了一切。这个男同学回答得不错。

青橙很感谢这个男同学为自己解围，虽然他的目的并不是为了自己。

你叫什么名字，老师问他。

冉峰！那个男同学回答。

青橙只觉得一震，他叫冉峰！是那个冉峰吗？那那个丑得无以复加的男生又是谁呢？究竟是谁在网上和自己聊天？有同名同姓的人？

青橙下了课，赶忙去查了查通讯录……

只有一个冉峰，对，只有一个。

那天下课，青橙走到那个男生面前，你是冉峰？

冉峰点了点头，你是青橙吧。

青橙呆住了……

再一次，无数头“羊驼”从心头踩过，踩得小心脏血肉模糊，碎成渣渣。

这个冉峰长得还真不错呢？而且……

似乎没那么讨厌。但是为何如此呢？给她另一个男同学的照片。

后来冉峰解释，你当晚又没说是要我的，你要的可是我们宿舍人的照片，我当然会陆续发给你，可惜，发了第一张之后，你就再也不搭理我了。看来你是以貌取人啊。

原来是一场误会？

误会吗？冉峰笑了，也算是误会吧，但好像有点心机呢？如果不是第一个男生长得如此寒碜，正牌“冉峰”出现的时候，还能如此“惊艳”吗？

算是一个小小的铺垫呢！这就是峰回路转，柳暗花明。等到他这里，就算是长相一般，也不会觉得太差了吧。

好吧，算是一个小小的心机吧。

他们的爱情就从这里开始了……

冉峰跟我说这样一个开始，算不得是一个故事，但是冉峰说得很甜蜜。

其实一开始并没有想过，用这样的方法去接触一个女生，是一场意外，从而导致了一场小心机。

只是爱情嘛，即使有意而为之的心机，那又有什么关系，心里怎么想的才是重要的，不以婚姻为目的的追求就是耍流氓，为了爱情而耍的心机却是最单纯的心机。

这就是爱情吧，冉峰笑了。

提爱莫先生

第一次遇到提爱莫先生，是在朋友的新书模特拍照现场。

提爱莫先生是他的新书模特。

提爱莫先生形象一流，清瘦，阳光，漂亮得无以复加，不需要任何的化妆和后期 P 图，便可以做到完美无瑕。

摄影师一个劲儿地夸他，这样的男孩子，怎么拍都好看，不用找角度，不用找光线，就拍拍拍，近景，远景，侧颜，正面，画面都是好看的。

这样的男孩子才是当模特的料儿嘛。

说到后来，提爱莫先生脸红了，讪讪一笑，你们就喜欢夸张，我哪里有那么好看？

拍照结束后，他和我坐在一边喝汽水。

他知道我要完成一本书，缓缓而真诚地说，我有一个故事，你写一写吧。

我说，那你说吧，我听听。

他说，我不知道该怎么跟别人说这个故事，一说出来，别人就会觉得我语无伦次，不知所措了。

我说，你不用着急，也不用担心自己语无伦次，你慢慢说，我就不经意地听。如果你愿意讲，我就愿意听。你的故事在我脑海里会像拼图一样，一点一滴最终拼接成为一个完整的故事。

提爱莫先生有一种阴郁的气质，在他的眉宇之间，像是沾上了什么，挥不去也化不开。摄影师称之为少年不识愁滋味，为赋新词强说愁，但是我觉得愁就是愁，无论多么年轻，多么涉世未深的人都可以愁，哪怕是为了一小块糖那么简单。

提爱莫先生是为了他逝去的爱情。

提爱莫先生告诉我，他和女朋友是在一次酒吧聚会上认识的。

他第一次见到那个女孩，就觉得自己中招了，有时候，我们看到一个人，就觉得这个人跟自己有离不开断不了的缘分。女孩很漂亮，长直发，没有任何的头饰，也没有夸张的妆容，嘴角总有淡淡的微笑，坐在灯光下文静地喝着酒，安静得和整个酒吧的气氛不搭。

那一次，提爱莫先生就觉得这就是他要找的人。

他们的约会来得顺其自然，一同看电影，一同聊天，一同逛街轧马路。

生活是美好的，提爱莫先生觉得自己找到了一把开启幸福的钥匙，他已经打开了属于自己的幸福世界。

他的世界，一下子春暖花开。

小人鱼在上岸的时候，觉得陪在王子身边就是幸福的，但是这种觉得是建立在她以为可以一生如此的基础上。提爱莫先生或许也是这么想的吧。他也没有想过，有一天要化为海上的泡沫，迎接朝阳的升起。

提爱莫先生说，为了她，自己可以做一切事情。女孩不喜欢做饭，提爱莫先生说，没关系，他会做，不但会做，为了让她对自己做的饭感兴趣，他在网上搜做菜大全，一样一样的菜换着做给她吃，只是为了让她多吃一口饭，然后对他说，做得真不差，跟饭店大厨似的。提爱莫先生就觉得很满足。

他们会去看电影，会去逛超市。

看电影当然是看她喜欢的恐怖片和灾难片，吓得提爱莫先生直哆嗦，但看她高兴，他也开心。提爱莫先生是喜欢文艺片的，比如《聂隐娘》，比如王家卫。她不愿意陪他看，没有办法，提爱莫先生等片子下线了，自己去网上下载下来，等她在深夜里睡着了，才打开电脑，插上耳机，关了灯，静静地坐在客厅里看。提爱莫先生每每要如厕的时候，按下暂停，拿掉耳机，听到她均匀的呼吸声，那一刻的夜是安静而温馨的。提爱莫先生觉得自己给了她一片天空。

提爱莫先生觉得很幸福，他的付出让自己感觉很充实，那个人是自己爱的啊，只要她接受了自己的付出，自己就是幸福的。那么还有什么需要强求的？一切都是那么融洽和谐，他们一个施与，一个接受，完成了一次爱与被爱的幸福链。

只是幸福有时候只是表象，当他们一起走过一段时间之后，矛盾也接踵而至。

她实在是太懒了，他们要搬新家。她真的能坐在沙发上，盘着腿，看她平板里存的《欢乐颂》，知道他收拾着物件，连头都不抬一下。

他汗如雨下，蹲在地上一块地板一块地板地擦，并不是他自己有多么爱干净，只是她说过，她有洁癖，她忍受不了地上的不洁净，为了她，提爱莫先生拼了。

搬到新家之后，他给了她 2000 块钱，去超市买东西。她让提爱莫先生陪着，买了一堆，都是她喜欢吃的，喜欢玩的，临了姨妈巾大减价，还让他提回来一包。没有办法，提爱莫先生把她送回家之后，只得再去一趟超市。

锅要买新的，因为搬了新家需要新气象，还有厨房的洗洁用品、梳洗用品等等，一切要从头开始，红红火火。一堆大包小包，超市离家不远，提爱莫先生不愿意打车，花那个起步价不值得，但提爱莫先生不是螃蟹，更不是蜈蚣，东西太多根本拿不了。他给她打电话，能过来接一下吗？她不愿意。

提爱莫先生自责不已，觉得自己有点过分，人家一个女孩，凭什么要让她来接自己，是自己考虑不周。挂了电话，提爱莫先生提着大大小小的购物袋一点一点往家挪。

烈日下，他觉得自己像一只虾，跳来跳去都绕不开那块宛如宇宙一般大的铁板，只能苦熬，等身体慢慢变红。

幸好这个时候，提爱莫先生遇到了一对情侣大学生，他们见提爱莫先生那么困难，便伸出援助之手，送提爱莫先生回到了出租屋。提爱莫先生很感激很感激……

他并没有对她有所怨恨，这些事情本来就是一个男人应该做的。女孩生来就是要被呵护的不是吗？

提爱莫先生依然顺从着她。他们一同旅游，她就蜷在宾馆的床上不肯出去，他依着她，陪在她身边，一次旅游归来唯一的感受是宾馆的床不够柔软，宾馆的 Wi–Fi 信号不够强。

她依然不爱动，不爱找工作，不爱与外界打交道。提爱莫先生依然宠着她，只是他再也没有那么快乐了。

为什么慢慢地，觉得她的笑容不再那么明显，她的身影正在一点一点地消融，变得不再真实，像假的一样，他们之间慢慢多了一层纱。那层纱正一点一点地增厚，他试图去破解这层厚厚的纱，却无能为力。

真正让提爱莫先生动气的是，他发现她竟然找前男友借钱，不多，一万块钱。他质问她为什么要借钱，为什么要找那个男人借钱，你如果缺钱，问我拿呀，我有啊，为什么呢？

她一言不发地看了他一眼，当天下午就收拾好东西，离开了出租屋。

提爱莫先生不知道自己哪里做错了，他看着整个房间空荡荡的，似乎什么都没有了，没有了生气，阳光正从窗棂往外悄悄退散，夜要来了。

她走了，提爱莫先生的世界都空了。从此，他的房子便不再是家了，只是一间空荡荡的房子，他已经无处藏身了。

他跟我说这些的时候，有点像个做错事情的宠物狗，却不知道哪里做错了，只是委屈地看着主人，那双眼睛惹人怜爱。

你知道提爱莫是什么意思吗？提爱莫先生告诉了我这个典故。

那是他们住在一起的第一个早晨，她告诉他的。她学的是西班牙语，提爱莫就是“我爱你”的意思，法语里面的“我爱你”也是这样发音。她说他知道他是爱她的，所以给他起了一个外号，叫“提爱莫”。

他说自己很喜欢这个外号，他愿意她这样叫自己。它让他觉得开心，它让他觉得这个世界里，他只属于她，只属于她一个人的。他愿意拥有这份归宿感。

可是这一切都已经过去了，都是曾经的故事了。

他始终不明白自己做错了什么?

我说，提爱莫先生你没有做错什么，你只是叫错了这个名字。

中文当中一句话的重点是在这句话的后半段，“我爱你”重点是在“你”，你已经忘记了“我爱”，你失去了主体，只有她，所以她才如此肆无忌惮地伤害你，让你无所适从，让你不知道怎么做才好，让你不知道自己到底是什么，因为你失去了自己。

放手吧，哪怕在放手的那一刹那，痛彻心扉。

有些时候，一件物品不是你的，终究不是，不管你怎么争取，它也不属于你。有些时候，等待一个人，不用太久，你就知道，她已经渐行渐远，最终会走出自己的视线。

轻轻地告诉她，很抱歉，我只能陪你到这里。也请轻轻地放过自己，提爱莫先生，在你的身后有很多人想对你说“提爱莫”，你只要回头就可以看到。你需要的只是告诉她，很抱歉，我只能允许你在我身边停留这么久了，从现在开始，我要做我自己了。

不相忘便是情深

有一年的雨天，和朋友一道去扬州，偶遇朱自清故居。

朋友对朱自清嗤之以鼻，一面闲庭信步一面骂骂咧咧。

我倒不以为然，虽然对《春》《荷塘月色》这些名篇散文也没有多么喜欢，但是对这个人倒也没有什么坏的印象。

朋友便说，你肯定没有看过他的《悼亡妇》，整篇文章写得情真意切，感人肺腑，掏心掏肺，似乎要跟自己的前妻一起死了才算作罢。然而到了文末却提到，因为后面新娶的老婆生病了，那年清明节都已经到了前妻安葬的老家，却最终还是没有上坟。我朋友说，一下子戳穿了这个人凉薄的本性。

后来回到北京，有一回与朋友小童聊到《水浒传》里的林冲。

我说，这个人虽然软弱，倒是对妻子不错，妻子死了之后，便再也没有任何风月之事了。

小童不屑道，林冲没有什么可称赞的，这个人心思细腻到几近变态的程度，风雪山神庙，即使被逼成那样，也能细致应对，不疾不徐，不骄不躁，分辨出自己下一步该如何应对。再看你称颂他对妻子的那段，妻子被高衙内羞辱，他问的第一句话竟然是是否得手。这是一个爱妻子的人说的话吗？爱一个人的本能反应，是问这样的话吗？

这个时候，他想去杀了高衙内，那也只是觉得男人的面子被羞辱了而已，哪里是什么夫妻恩爱？后来一时怕了，又忍下了。你瞧瞧，这个人的心思实在是可怕，不管在何时何地遇到何种情况，总是理智得让人觉得他不是一个人，而是一个机器。

我们从林冲聊到了柳湘莲和尤三姐。

柳湘莲似乎对尤三姐有愧疚，也仅限于没有想到这竟然是一个刚烈的女子，而当初退婚也是因为怕尤三姐已经和贾府里的人有染了，那怎么还能娶她？柳湘莲最后落发也只是因为内心的愧疚，而不是真正的爱，与林冲的内心世界何等相像。

但凡是英雄都会理智得可怕，哪有什么感情可言。

这么一说，我想起了朋友在扬州跟我说的朱自清的《悼亡妇》。小童笑言，他倒是很敬佩朱自清如此一说。本来，亡妇死了之后，念及是该念及的，活着的人如果不好好地活下去，岂不是辜负了曾经有一个人如此爱你？

小童提到《红楼梦》里藕官和药官的故事。

藕官为死去的药官烧纸被宝玉撞见，宝玉后来问了芳官才知道，藕官和药官曾是唱戏的搭档，一生一旦，久而久之便日久生出情来，两人戏里戏外真的过成了夫妻。没想到药官命短，没过多久便撒手人寰。戏班子里补了一个蕊官，与藕官搭了对手戏。藕官对她也是一样好，两人恩爱至极。藕官却并没有忘记药官，不时给药官烧纸。

这看似凉薄的表象让芳官等人嗤之以鼻，然而藕官却不以为然，自有自的道理。藕官说：男子丧了妻，或有必当续弦者，也必要续弦为是。便只是不把死的丢过不提，便是情深义重了。若一味因死的不续，孤守一世，妨了大节，也不是理，死者反不安了。

小童笑道，这话就能解释朱自清的那一个举措了，这并不能说他不爱，相反倒是真爱得入情入理了。

我们往往会感动于梁山伯与祝英台的爱情故事，生未同衾死同穴，到头来，文化人为了弥补遗憾，还为他们留了一个光明的尾巴，让他们化为蝴蝶在花丛间飞舞，方得圆满。《泰坦尼克号》当中的老年罗丝带着对杰克的回忆度过了一生，并按照他的意思，结婚生子幸福地活着也同样让人动容，又有谁会怀疑他们爱情的纯粹？

一个人死了，他依然活在爱他的人的记忆里，直到这个人也死了，他才真正死了。

那不如，让他的记忆陪伴自己好好活下去，活出他想看到的模样，活出一个精彩的世界，这才是不辜负曾经那个爱你的人。

那个爱你爱到忘记长大的人

如果回溯曾经懵懂的岁月，是不是总有一个人在记忆里，让你觉得甜蜜？

那个时候你不知道爱是什么，但只要TA在就开心的感觉，直到今天，你依然记忆犹新。

我的一个朋友说，他的初恋是从小学开始的。

那个同桌的女孩，在那个懵懂无知的年代，真的让他觉得这一生都要跟她在一起。

那时候也不知道一生有多长，但是那种喜欢跟她在一起的感觉，现在想起来，依然是可爱而单纯的。

最近看了一部小清新电影叫《六弄咖啡屋》，写的就是成长里的爱情。

小绿喜欢心蕊，小绿的成绩不好，为了心蕊，他努力，振作，把以前的拖沓顽劣全部改掉，努力读书，目的只有一个，就是要和心蕊考上同一所大学。

然而人生真的不是有志者事竟成，有时候你会发现，即使你再努力，未来总是让你和梦想失之交臂。

他和心蕊并没有考上同一所大学，他们在两所城市里，隔着几百公里的距离。

小绿拼命地打工挣钱，只要有空，他就会坐火车去心蕊的城市和她一起聊天，散步，喝咖啡。

心蕊喜欢咖啡，梦想有一天可以自己开一个咖啡店，就叫六弄咖啡店。

小绿的快乐就建立在打工，拿钱，然后坐火车去看心蕊上……

但是他们中间的隔阂却越来越大了。

心蕊见到他的那种快乐越来越少了。

小绿忘记了心蕊并不是只需要陪伴，还有心与心的沟通，她想去国外看别人的咖啡店，想去品尝别的咖啡的味道，想和他一起努力不断完善自己。而不是每一次为了见面，坐几个小时的车，傻傻的，说着没有边际的话。

更不是小绿最喜欢的那个游戏——在不同的城市相约同一个时间吃同样的午餐。时间久了，任何浪漫的举措都会变成无趣。

她自然而然被幽默、风趣、帅气、花样百出又极其有上进心的学长所吸引……

但是小绿啊，随着岁月累积，他越来越爱心蕊，他几乎忘记了一切，忘记了学习，忘记了没有她的日子该怎么过。

当小绿在死党阿智的陪伴下，花一整晚的时间，迎着台风、暴雨，骑摩托车赶到台北的时候，他发现心蕊和那个学长守护着曾经他想给她买的礼物——一只猫，他们是那样亲密，根本没有注意到坐在湿漉漉街头，一脸疲惫和担忧的小绿。

他们最终分手了。

因为他爱她爱到忘记了长大，他永远停留在当初他们约定的那一刻，而她已经走得很远很远了，即使他再怎样大踏步地追寻，也无法追逐到她的脚步。

回来之后，小绿发现忽略已久的母亲因病去世了，他的天塌了下来。

包括他自己曾经一直珍视期望能永远留住的爱情，也消失了。

同学会的那个晚上，小绿带着心蕊去海边看烟花，难掩的失落与悲情在小绿的心里升腾，升腾，直到将他全部吞没。

夜色渐渐褪去，她离开后，只剩下他一个人坐在沙滩上，看着朝阳升起。

我以为我们拉钩说的是一辈子的不离不弃，原来我们的承诺只是相约看一场烟花。

或许我们生命中都有一个爱你爱到忘记长大的人，或者在你的生命里，有一个人让你爱到忘记长大，只是时间依然带走了一切，剩下的只有没有长大的你、我、他，活在自己的世界里，不愿醒来。

爱，本来就是这么无可奈何又必须去做的事。

第二章

我有一个故事

慢慢讲给你听

我行过许多地方的桥，
看过许多次数的云，
喝过许多种类的酒，

却只爱过一个正当最好年龄的人。

周卡的遗愿清单

我是在知乎上看到一个身患尿毒症的男孩发的帖子。

他说他叫周卡，是一个二十五岁普普通通的青年，只是很不幸，他身患重病——尿毒症。

很多时候，我们都是在时间不多的时候，才发现自己还有很多事情没有做完，比如周卡，他想去看大海，想去吃一顿旋转餐厅里的自助餐，想去坐一次摩天轮，还有……

他想去看看那个曾经他非常爱的女孩。

他没有发那个女孩的照片，只是说，她很漂亮。他说了他们的故事，故事并没有很打动我的地方。无非是在学校邂逅了一个女孩，然后深深地喜欢上了她。

只是，鬼使神差，这个男孩的模样以及他所喜欢女孩的故事虽然云淡风轻，却深深地镌刻在我的脑海里，挥之不去。

想了想，我最终决定去见见他。

这几年，我因为工作原因，接触了不少身患绝症的人。接触得多了，你会发现，他们几乎都有一个愿望，而那个愿望是那样单纯。有的甚至只是想安安静静地看一场山顶的日出。

相比之下，我们拥有的选择太多了，我们是幸运的。

见周卡的那天，天空中飘着雪花，我下车，从一块衰败枯黄的草坪旁走过，一直走进那幢孤独的病房里。

我见到周卡。他笑着跟我说，谢谢你来看我。

我摇了摇头，微微回以一笑。

他比我想象得要更瘦一些，脸色苍白到发青，显得很虚弱，眼睛很大，可能是生病的原因，眼神略显忧郁，不明朗，微笑的时候似乎都伴随着一种看不到且听不见的叹息，平添了一份诗人的气质。

诗人在这个时代好似骂人。而对于周卡，却很符合这两个字真正的意思。

我给他带来我在海边拍的视频，这个大男孩深吸了一口气，静静地看完了。

他说，他一直很想去海边，只是总因为这样或那样的事情给耽搁了，都是读书，找工作，然后是发狂地工作。

那天我们聊了好多，包括他幻想中的大海，海是蔚蓝的。

他说，有一次自己在梦里变成了一条鱼，四周都是蔚蓝的海水。他幻想中的海是安徒生笔下小人鱼的故乡。

那你在梦里见到她了吗？我笑着问他。

他半晌没有说话，最终害羞地点了点头。

她会是他的小人鱼吗？梦中的那个小人鱼。

我是在大学的时候遇见她的，在学校图书馆里。周卡轻轻地说。

那天阳光很好，她穿着一件白色的毛衣，阳光透过落地玻璃窗，将整个画面装点得极其虚幻。她就那样走过来，很柔和，长发随着她走动的频率来回摆动，画面真好看。

周卡说到这里有些害羞，青瓷色的脸上泛起了一点红晕，整个人有了生气。

我笑了，突然感觉到很久没有感受到的那种纯纯的爱情。校园里的故事总是像柠檬片一般清澈、酸甜。

在此之前，周卡是不喜欢泡图书馆的，大学里能干的事情太多了，图书馆可能是最没有意思的地方。但是从那天开始，对于周卡来说，图书馆突然变得非常有意思了。

图书馆的一切都变得可爱了。

是谁说，如果你喜欢一个人，那个人待着的城市也变得熠熠生辉，令人牵肠挂肚。其实何止是城市，图书馆也是一样，一下子都变得有了神采，仿佛一夜之间，处处都盛开了花，美妙如同天堂。

女孩没有让他失望。

她总是在周卡在图书馆的时候，出现在固定的位置，专心地看书，长发总是干净而顺滑地从肩头披下。明眸善睐说的就是这个女孩的眼睛吧。周卡想起了一句电视剧里的台词。台词是这么说的：她的眼神，就像是清晨山谷里的第一缕清泉……

周卡想这些的时候，女孩突然抬头，与周卡的目光相对。

周卡只觉得全身发麻，迅速地垂下了眼睛。

女孩似乎也没有在意，继续看书。

后来你们怎么接触的？我问。

周卡摇了摇头，我们从来没有接触过。周卡说这些话的时候，有些懊恼，叹息了一声，如果当初和她认识一场该有多好，哪怕直接上前去和她说话，被她骂一句神经病，也好啊。

但从来没有过。

每天，周卡只要没课，都会去图书馆，看着女孩在一旁看书，又目送女孩离去。

没有做过什么特别的举动？我又问。

周卡害羞地笑了。有过一次的，但非常不成功……

那一次，周卡特意从校外的咖啡店里买了一杯咖啡，趁女孩不在的时候，偷偷放在她的桌子上。

当女孩款款走到桌位时，周卡的心跳加速，他不能自已地颤抖着，不敢抬头去看她。

可是，当他抬头的时候，才发现女孩已经离开了。

那杯咖啡依然摆在原处。

周卡很恨自己没有勇气。

或许再纯粹的暗恋也抵不过岁月更迭和生活的磨砺。

几个月后，周卡开始准备毕业的一些事。那段暗恋就这么无疾而终，周卡似乎也忘记了它。

为了梦想，周卡来到了北京。在北京开始找工作，开始无休止地去跑招聘会，开始面试，直到有一天他进入了一家公司工作，从此打开了生命的另一片天地。

那段暗恋，像一块方糖，在岁月的牛奶里，慢慢消融，直至不见。

但是真的没有了吗?

不是，那丝丝缕缕的甜味儿一直萦绕在奶香里，扣人心弦。

有时候偶尔在深夜里，周卡会想起那个图书馆那扇玻璃窗下，那个穿白色毛衣青色毛呢裙子的女孩,那个曾经对他送的咖啡视而不见的女孩。

然而仅仅剩下这个画面，其他的都烟消云散了。

来不及想那么多，更多的工作排山倒海、山呼海啸般袭来。

周卡谈过两场恋爱，因为工作太忙，房价太贵，以及天南海北，都匆匆分开了。

一直马不停蹄地安排着自己的人生。

直到有一天，他得了尿毒症。原来人生真的应该停下来，给自己思考的时间。然而似乎一切都晚了。

他想起了那个女孩。那场最没有功利、最纯粹的喜爱吧。

你知道那个女孩的名字吗？我问他。

周卡点了点头，她叫楚亚。

那天她离座的时候，周卡悄悄走过去看了她的笔记本，非常隽永的两个字，楚亚。

找楚亚真的没那么难。

几天后，我便从周卡的母校找到了楚亚的联系方式，她在秦皇岛，不远，就是那个离北京 200 多公里，有海的城市。

我和周卡一起去旋转餐厅吃饭，我告诉他，我决定和他一起去看大海，在那个拥有大海的城市，也许有他想见到的那个女孩。

周卡的眼里尽是惊喜，随后又黯淡下来，过去了这么久，感觉像梦一样，梦还能延续下去吗？

梦的确可以延续下去。

次日，我们便坐上去秦皇岛的车，在那里，周卡看到了大海，而那个女孩楚亚如约而至。

楚亚的头发已经剪短了，比周卡形容的稍稍胖了一点，一双眼睛尤为漂亮，和我礼貌地打了招呼后，与周卡说了声你好。

周卡与楚亚坐在海边的一个茶吧里，听着海风，他们就那么静静地坐了一个下午，我觉得不便打扰他们，远远走开了。

海风轻轻吹来，海浪喧闹地拍打着沙滩。

沙滩上曾经有过的痕迹，在海浪的冲刷下，渐渐消失殆尽，像极了我们曾经的人生和回忆。

傍晚来临的时候，楚亚走了。

我跟周卡回到了宾馆。

她记得我，一直都记得。我以为她从来没有记住过我，没有想到……周卡有些失落但又有些满足。她说她那个时候其实并没有准备考研，只是在图书馆里遇到了一个她喜欢看的男孩，所以她一直等待那个男孩和自己开口说话。

她看到了那杯咖啡，她甚至在咖啡的底部压了一张字条，然而周卡没有看见。一切就这么错过了。

楚亚已经结婚了，她没有想到周卡会再来找她，她觉得周卡是她回忆里的人，是她曾经岁月里的那个人，突然出现，让她有些惊讶。

她知道你生病了吗？我问。

周卡摇了摇头，我没有说，我在回来的路上一直在想，如果我们好了，会怎样，也许最终会因为性格不合而分开，或者最终走进了婚姻，然而又怎样，结局还是我的病。周卡黯然，其实当下的人生安排就是恰到好处。

我的病没法治好了，但我很满足，这几天里，我把最想画句号的事情都画上了句号，这也是人生的一种幸福吧。

如果没有这份遗愿清单，周卡也许永远也不知道，那个他珍视的女孩也曾等待他说那句情话。

懂事之前，情动以后

蓝生戴着口罩，挤着地铁，两眼无神地看着外面的世界。

北京的冬天很少有风，因为干燥，寒冷并没有给人很强烈的感觉，而且屋内都是暖气，每次进屋都要将外衣脱了，否则必定流汗。这让蓝生想到广州的冬天，广州的冬天虽然温度不低，却是湿冷的，让人觉得衣不胜寒。

蓝生这个江南的小女人，在江苏出生，在广州读大学，然后在北京上班，这便是她的人生轨迹，一点也不复杂。

2013年的冬天她离开广州，来到北京，从不适应到现在依然不适应，似乎是一秒钟的事情，原来时间可以过得这么快。记得张爱玲说过：你离开我，你的故事还长着呢，而我离开你，我的故事也就完了。

离开了他，她的故事是空白……

仿佛老式卡带，播完一首歌后，无止境的空白，只有胶带滑过磁头时发出的“嗞嗞”电流声，连填补的机会都没有了，因为已经划过去了。

公司来了一位新人，是个刚大学毕业的小伙子。唇红齿白，剑眉朗目，不能说很吸引人，但的确是一个漂亮的孩子。蓝生一向觉得只有成熟的男人才会有吸引力，男孩似乎总缺少一点什么。

下班的时候，蓝生依旧和平常一样，晚一些离开。倒不是自觉加班，只是不希望与太多的人一起挤地铁。

天空暗了下来，猛然发现，同她一样开着的台灯还有一盏，是那个男孩的，好像姓张，又好像姓李，反正不记得了。虽然他来了之后，已经和她打过几次招呼，但她依然没有记住他的名字，蓝生自嘲总是这样神游太虚。恰在此时，那个男孩竟也看着她，灿烂一笑，蓝生不自然地回以一笑。

“这么晚了，还不回去？”蓝生起先打破沉默。

“哦，我想过会儿，地铁应该空一些。”他笑，“你呢？怎么也留在这里？”

“我也是。”她不多言，只是淡淡一说，继续白天没有完成的工作。

天终于完全暗了下来，万家灯火，每一个家庭都在上演自己的故事，而彼此并不会影响，不会因为另一个家庭的得失，而停止一秒钟，这就是人生，每个人都在沿着自己的轨迹行走着，偶然两个人有了一次交集，那就是缘分。

她和那个如今只生活在她记忆里的陆冰就曾经有过这样的交集，原本以为这样的交集将永远交汇下去，没想到却只是一触而散，如闪电之迅忽，如同烟花的燃放，等回过头去看，却已经烟消云散，留下的只是璀璨回忆。

下了电梯，男孩叫住了蓝生。

男孩腼腆地请她吃饭，蓝生笑着婉拒。男孩脸却红了，说自己不想一个人吃饭，只是想请一个人一起吃饭。蓝生微笑，她怎好拒绝，一个孩子的邀请。

他们一起找了一家普通小店，吃着最普通的饭菜，不过都是她喜欢吃的菜，一个酸辣土豆，一个西红柿牛肉煲。雾气氤氲中，男孩的面庞变得更加柔和了，谁说只有女人才是水做的，眼前这个男孩就是，惹人喜爱的水一般的男孩。

这应该算是他们真正的第一次相识，虽然很早双方都知道有一个这样的人存在。蓝生知道了他的名字，既不姓张也不姓李，叫杨欣然，像个女孩的名字，但对于他却似乎很符合。

欣然向蓝生说了很多大学的故事，似乎对于他，只有大学生活更接近于真实的人生。但对于蓝生这样曾经经过无数沧海的人来说，大学的故事已经如同一个童话，那么单纯，那么晶莹剔透，像灰姑娘的水晶鞋，是那段美好的时光留下的唯一印记。一旦掀开，便散发耀眼的光芒。

说不上欣然什么地方吸引了蓝生。蓝生一直认为自己对小男生是不感冒的，毕竟自己已经二十五岁了，有什么资格去承认自己被一个初出茅庐的男孩吸引。

欣然，才二十一。

但爱情还是这样来了，无厘头得近乎周星驰的电影情节，让蓝生觉得有些措手不及。他每天还是很晚才离开单位，理由和她一样，希望避开高峰时的地铁。他们一起看一个网站上的视频，一起讨论《我的前半生》，女人该独立自主，还是依附他人。

蓝生毫无保留地道出自己的想法，猛然抬头，她看到欣然那双像火一样的眼睛，蓝生仿佛全身一震，赶忙将眼睛移开，却感觉到一双手正托着她的脸。她颤抖了，竟仿佛第一次接收到爱情的感召，是的，爱情来了……

她的额头突然被冰凉的东西贴了一下，仿佛是一条小鱼嘬了一下，她知道那是他的吻，几乎在她领悟的那一刹那，他的唇贴了过来。

还会说，男孩没有吸引力吗？蓝生在心里问自己。

2013年的那个夏天，蓝生在那个城市和陆冰缠绵。他是她的老师，公共关系学的老师。

妻子在广西，两地分居。

蓝生不知道自己是怎么爱上陆冰的，什么时候在她的口中从陆老师变成陆冰，一切是那样自然，仿佛从来都是这样，从来就没有改变过。

他是爱着她的，他的爱有一种强暴般的占有，而她却深深喜欢上了这样的占有。或许被自己爱的人占有就是一种幸福吧。

虽然广州的夏天简直热得让人透不过气，虽然她的房间里没有空调，永远热得可以蒸熟鸡蛋，但他们的身体和心却并没有因此而分开。

她为他做饭菜，为他洗衣服，为他泡上浓浓的茶，为他在图书馆查阅资料。他们戴着口罩一起走过广州的街道，原本喧闹的街道一下子变得空旷起来，大家都窝在家里，广州从未有过的安静。

恍惚中，蓝生觉得自己似乎就是他的妻子，似乎他们已经结了婚，她和他就应该在一起的，这种日子再正常不过……

可是，这只是两条本该没有交集的曲线，无意中触碰了一下，仅仅是一个点，最终还是要分道扬镳，各奔东西。

只是当时年纪小。把偶然当成了永远。

欣然总是那样有活力，总是如清风拂面，这个冬天，这个城市突然给了她一种突如其来的快乐与安稳，这种感觉如同偶然中了一张彩票，令蓝生觉得意外而又不确信。

一切关于感情的东西对于自己而言，都是奢侈的，都是自己曾经挥霍一空的，没有半点残留。

欣然的浪漫带着一丝孩子气的执拗。

偶尔一次上班，突然有花店送花来，让蓝生签收，蓝生疑惑，捧着一大束百合，不知道是怎么回事，而一边的八卦同事早已经凑过来问她，是谁送的？蓝生啊！你真的有男朋友了啊？还和我们保密。

丈二和尚摸不着头脑，偷偷将卡片拿出来，上面写着：认识你的第二十天，龙飞凤舞地签着欣然的名字。

蓝生抬头看欣然，欣然正对着她狡黠地一笑，什么都明白了。

下班后，蓝生依然在办公室待着，等待地铁的高峰度过。

“蓝生。”欣然的手臂从她的脖子上绕了过来，手臂冰凉，像两条蛇在她的脖子上蜿蜒。

蓝生突然起了一层鸡皮疙瘩，不由扭动了一下脖子，“别闹，欣然。”

“蓝生。”他的声音喃喃的，像是梦呓，两条蛇环绕得更紧，竟有些让蓝生窒息，他的唇绕过她发梢，在她的耳边缠绕，她听到他的呼吸声，急促而带着强烈的占有欲，唇继续滑落，从耳畔落在她的脖子上。

那两条蛇游走着，游走着……

蓝生猛地推开了欣然，喘息着看着不知所措的欣然。

对不起，欣然，对不起……

她想自己是摆脱不了驻扎在心底的陆冰，欣然的手臂让他想起了陆冰的手臂，是谁说手冷者心暖，陆冰同样有着两条冰凉的手臂。

蓝生笑称他上辈子一定是一条蛇，一条儒雅的蛇。

“那我就吞你在肚子里。”陆冰笑着说。

她是他的小白兔，甘愿被他果腹，丝毫不退缩。

陆冰告诉她，他的妻子来广州了，而且可能不再离开，妻子是一个贤妻良母，来这里只是为了让孩子有一个好的教育环境。

“顶多是个良母，贤妻算不上。”蓝生叹息，如果她是贤妻，自己怎能乘虚而入？这样的想法经过她的大脑时，她的心猛地惊了一下，是啊，不管是如何顺畅地乘虚而入，她的行为多少有点鬼祟，太阳底下，这个儒雅的男人终究是挽着另外一个女人的手臂。

她只是一只期望被他果腹的小白兔，而他却是一条儒雅的蛇，需要的是另一条蛇与他一起依偎。

这个道理一直到和他在一起半年后才懂。

时间过得是那样快，却又那样漫长，蓝生几乎可以用一生来回忆它。那段时间的经历，仿佛是取之不尽、用之不竭的观音宝瓶，只要她想取，那么就能从中取出快乐的回忆，虽然这种快乐最终蒙上了一丝惆怅与惘然。

陆冰告诉她，明天他要去接妻子和儿子，可能有一段时间不能来她这里了。

蓝生正在为他冲茶，背对着他，默默地，有些怅然，突然幡然醒悟，他和她的人生轨迹只交叉到这里，以后他将不再属于她了。

“嗯，那我今晚给你多做些菜。”蓝生说，将茶递给他，那些茶叶在玻璃杯里盘旋，最终很不情愿地落在了杯底。

“对不起，蓝生，对不起。”陆冰内疚，喃喃自语。

蓝生微笑，他有什么对不起自己的？如果说对不起，似乎应该是她自己。如果他爱她，他将如何去面对家人，如果他爱的是他的妻子，那他又如何解释这半年的时光，无论怎样做都是错，好似她的孩童时代，大人说，去做作业，待会儿给你买糖吃，其实只是一句无谓的许诺，不管是做了作业或者没有做，最终她都不会有糖吃。

那顿饭，她给他炖了鸡汤。

他说，想不到你煲的鸡汤这么好喝，一直到今天才喝上。

蓝生说，我给你煲鸡汤，是让你记住我，记住我，永远地记住我。

欣然没有因为蓝生的拒绝而放弃了他的追求。

他给了蓝生太多的小意外。

蓝生不再拒绝，曾经她接受过一条儒雅的蛇的束缚，如今她又投入了一条可爱的蛇环绕的圈圈中，她跳进去且义无反顾。

陆冰那次的离开也带着一份决绝，双方谁也没有说再见，一是怕离别，二是真的可能没有再见的机会了。

入睡之前，蓝生靠在他的怀里，流着泪，说：“明天早晨你离开的时候，不要叫醒我，千万不要，就在我不知不觉的时候离开，好吗？千万记住，陆冰，如果我醒了，我怕我会杀了你。”她没有夸张，任何爱情都是强烈的占有与得到，她也不例外。

那一夜，她无法入眠，直到天色发白，她才勉强入睡，迷迷糊糊，只听见窸窸窣窣的响，她没有醒来。

终于，她醒来时，那间房子里只剩她一个人，他走了。

那个响声也许就是陆冰离开时所产生的声响，也有可能只是她在做梦，一切都如过眼云烟，或许这半年自己都在做梦。

她毕业了，茫然地离开广州，有种逃离的快感，但同时似乎有一种东西又在她心中悄悄剥离，痛彻心扉，却不流一丝血迹。

欣然当然不能理解这些，欣然是个孩子。

欣然带着蓝生来到自己的房间里，欣然住得很远，在通州的一个地铁站附近，欣然第一次拥有蓝生的时候，蓝生似乎听到有地铁呼啦啦地从外面驶过，像火车，那么像火车的声音，像是从她的身体上轧了过去。

欣然激动颤抖地在她的耳边轻轻地说：从今天开始，你是我的女人。

蓝生闭上眼睛，捕捉着那渐行渐远的地铁声。

她决定去广州找陆冰，不确定究竟是为了什么，似乎是对曾经的那个自己做一次告别，她需要去接受欣然。

火车离开了北京，呼啸往南而行。

与欣然在月台上分开时，蓝生的心里默念着欣然的名字，她在心里告诉欣然，从广州回来的时候，我就属于你了，永远，永远属于你。

蓝生的眼里心里都是欣然那双清澈透亮的眼睛，纯净清澈得像清晨的露珠，露珠汇集，树叶不堪重负，悄悄滑落，滴答……好似钢琴上滑过的音乐，那是欣然的眼神，等她从广州回来，她将拥有这双眼睛的主人，他将属于她。

她这样对自己说。

四年恍如一瞬，广州城在她的眼里如同瞬间变幻的魔女，她竟找不到离开时的路了。好不容易找到母校，而母校也大变了样，连校区都分了好几个，这里真的没有了她的回忆，时间很残忍，带走了蓝生的一切。

她拨打了陆冰曾经用过的电话，却是另一个男人的声音，蓝生问他，对方竟骂蓝生是神经病，匆匆挂机。

四年对于一个人来说太长了。一生能有几个四年？

好不容易联系到还在广州浴血奋战、没车没房的同学，在电话里和那个同学寒暄了好一阵子，最后才装着不经意地问了一句，你有陆老师的电话吗？对，就是曾经教我们社会学的陆冰老师。得到的答案却是没有。

失落地挂了电话，这一次她真的迷失了，思考着自己是不是不该回来寻找这份记忆，给这份记忆画一个句号，也许她错了。

蓝生在学校附近的一家宾馆住下，那天晚上，她漫无目的地在母校校园里走着，她接到欣然的电话，欣然问她，在广州好吗？冷不冷？蓝生说，比北京还是好一些，虽然风吹着还是有一点冷……

欣然让她好好照顾自己，他说他开始想她了。

学校的路灯下，学生们都因放寒假回家，偌大校园里空荡荡的，蓝生孤独地对着路灯照亮的长长的泛黄的道路，有种前所未有的孤寂。

这是一趟失败之旅，她没有找到陆冰，而请假结束的日子却快到了。

蓝生又一次踏上北上的火车。

火车快开了，突然，她看到窗外一个熟悉的身影，是陆冰，是的，肯定是他，竟然在这个时候见到了他。蓝生的心猛烈地跳了起来，她从卧铺上站了起来，想冲下火车。

火车却缓缓开动了。

陆冰似乎在送他的妻子和孩子，难道他们又要回老家？他们似乎在话别。蓝生隔着玻璃窗看着他们一家三口，温馨的送别场面，仿佛在欣赏默片，竟然有种年代的阻隔，似乎玻璃窗外的一切是六年前的，她已经与那个画面的一切都无关了。

火车开离了车站，陆冰的身影越来越远，越来越远……

蓝生将手摊开，按在玻璃窗上，将他们一家三口遮住，这一遮，便是千里之外，沧海桑田的永恒。

她决定对欣然隐瞒一切，这只是她的梦境，一段早已经醒来的甜美的梦。

北京的这个冬天，一切似乎和以前任何一个冬天没有什么区别，并没有因为流感的蔓延而改变，蓝生的生活也如此，没有改变，一点也没有改变。

提线木偶

漆黑的舞台上，一束追光“唰”地落了下来。男人站在光圈里，一边站着的是他的搭档。那个搭档并不是人，也不是动物，而是……一个丝毫没有生命的木偶。

女孩坐在观众席上，入迷地看着舞台上的男人。男人潇洒幽默，一双丝毫没有攻击性的眼睛，透着温柔和善的笑。他的搭档在他的表演中，渐渐注入了生命力，活了起来，就连眼珠也在转动，只是没有那么活泛，和他一问一答，顺畅极了。

他的节目不仅是木偶戏，更是腹语表演，他用腹语为木偶配音，还有小魔术穿插其中。

“你今天开不开心？”

“我今天很开心。”

“为什么？”

“因为我看到了一个漂亮的女孩。”

“在哪儿？”

“就在你的面前……”

男人和木偶一问一答，非常投入。男人便真的走到前排一个女观众面前，右手在空中一挥，手中便多出一支娇艳欲滴的玫瑰，送给了那个女观众。他的表演每晚不变，女孩看了很多次，他的流程，女孩几乎能背下来，但每一次看到玫瑰，女孩都会惊呼，好像第一次看到一样。惊呼过后，又有一丝伤感。

她多么希望那个女观众是自己。

不过，这种事儿并不是没有发生过。有一次，男人站在舞台上和木偶一唱一和，继而微笑着说道：“今天，这个漂亮女孩坐在第三排的第十六个座位上。”

于是，他提着木偶走到女孩的面前，徒手变出了一朵黄玫瑰。

女孩当时惊呆了。由于激动，女孩觉得自己浑身都在颤抖，不知道如何接过玫瑰，连微笑都不会了。女孩觉得自己就是那只提线木偶，在他的面前，没有了生命，不，应该说，一刹那间，女孩的生命完全嵌入了男人的身体里，她便不再属于自己了。

男人依旧微笑，绅士一般。

女孩第一次那么近距离地看到他的脸，高高的鼻，上扬的唇和那双温柔的眼睛，头发一丝不乱，还有那一身服帖的西装。女孩从他的手里接过黄玫瑰时，几乎能感受到男人掌心的温度。不过，那种感觉或许只是女孩的臆想。

时间是那样短，女孩恍恍惚惚，像做梦一样。等她清醒过来，男人已经回到了舞台上，在那里笑着和他的搭档对谈。

她的目光很少会投向那只木偶。不过，有时候，女孩还是会看一看那只可怜的被忽视的木偶。那只木偶站立在男人面前，显得有些凄凉。它实在是丑，蔫头耷脑，头发很少，额头还有一道深褐色的疤痕，这么丑的木偶就那样在男人手中的提线中慢慢苏醒，好像也没那么难看了，似乎还透着一点可爱。

应该很多人都忽视了它吧。女孩想，它是一只可怜虫。

女孩想写一封信给男人，她想约他出来，聊聊天，或者可以更深一层地接触。

那天晚上，女孩看到男人和他的提线木偶走到光圈中开始表演时，偷偷从座位上走开，从一边阴暗的角落摸索着走到后台……

女孩从舞台侧面看着男人的表演，他的身材很挺拔高大，从这个角度听不清男人的说话，但能看到他的形象举止就已经足够了，女孩想。

她甚至偷偷瞥了一眼舞台下面的观众席，男人的表演时间太靠后了，已是深夜，很多观众都已经离席回家了，余下的也心不在焉，三三两两地聊着天。

女孩为男人卖力的表演打抱不平。女孩决定将信交给男人。她要约他见面，她要告诉他，她喜欢他，是那种女人喜欢男人的喜欢，是爱。她希望有一天，他能像爸爸娶妈妈那样将自己娶回家。

女孩记得自己信里的话：

先生，不知道你有没有发现，每天晚上，我都会坐在第三排第十六个位置看你的演出，有一次你还给我送了黄玫瑰，你知道吗？那朵黄玫瑰的花瓣已经轻柔打开了我的心扉，它的茎如柔软的藤蔓，将我缠绕得情肠百结，我必须要告诉你，我喜欢你。所以明天下午，街角的咖啡店里，那个傻傻的女孩希望在那里等待你的到来。

女孩的脸一下子就红了，像喝了酒。

男人终于表演结束了，从台上走了下来。女孩冲了过去，将信塞在他的手中，女孩的心跳快得几乎要冲出胸腔，她觉得自己快要死掉了。她非常害怕男人的拒绝，或者将信丢到一边。

然而，这一切并没有发生，男人的脸从惊愕变成温柔一笑，继而将那封信收好，放在了自己白衬衫的口袋里……

女孩匆匆地从后台走了出来，那天晚上下了一点雨，整个街道都湿漉漉的，有雨雾从女孩的脸上顺从地拂过，那种清凉感，让女孩觉得很舒适。

次日，女孩来到了街角咖啡店，那是一个漫长的等待，虽然只是十多分钟，但对于女孩来说，那已经是一个世纪，或者更长。

咖啡店的门开了，一个丑陋的男人走了进来。女孩吓了一跳。她站了起来，呆立的片刻，直愣愣地看着那个丑陋的男人。她的腿突然发麻了，脑袋里嗡嗡嗡地响，她似乎明白了什么，但是腿好像不听使唤，女孩没有办法挪动一步。

因为那个男人女孩认识。女孩一直以为那个男人……哦，不，女孩一直以为他不是人，而且是没有生命的。他有一颗秃顶的脑袋，额头上有一道浅紫的疤痕，眼睛失了光彩，像蒙灰许久的珠子……

他竟然是那个提线木偶，他竟然活了！

女孩吓着了。

那男人说话了：“是你约我的？女孩。”

原来真正的腹语师是那只提线木偶，而真正的木偶却是那个让人着迷的男人。

提线木偶来赴约的时候，精致的男人正躺在道具箱里等待着夜晚演出的到来。

此刻，他还是那么温柔地笑吗？

在水一方

当你深爱的人一直处于颓废的状态时，你怎么办？

离开？

如果无法离开怎么办？

其实——

你可以选择既继续爱他又离开他，让他独立起来。

人都是有惰性的，当他发现有人可以依傍，有人可以肆意自我的时候，很容易将自己身上的惰性放大，他们借着理想，借着爱好，借着不喜欢，借着疲倦等等因素伪装这种惰性，让自己在爱的人面前变得符合常理，让自己变得心安理得。

其实事实并非如此，当你离开之后，失去了依傍，所有曾经的一切问题，似乎都迎刃而解了。

说白了，人骨子里还是有点“贱贱的”。

琼瑶阿姨有一本小说叫《在水一方》。

杜小双，一个遭遇不幸的令人心痛的女孩。失去双亲之后，小双便寄居在父亲的朋友家。可是小双又是非常幸运的。这家人对她非常好，可以说是无微不至，上到八十岁的奶奶，下到和她同龄的诗卉，都让她没有任何隔阂感。

这个家让杜小双在父母双亡过后，依然感受到了一份家的温暖。然而终究是别人的家，小双心里是非常清楚的，她懂得感恩，但这并不代表她接受别人给的爱，便是心安理得的。

小双，敏感有才华，坚强而独立。

她坚持自己打工挣伙食费，而不是寄人篱下，摇尾乞怜，哪怕对方并不在意。

她会弹钢琴作曲，带着回忆和诗意在潇潇雨天的午后，弹奏着那首父亲留下的《在水一方》。

在水一方，遗世独立，永远带着一份淡淡的忧愁，独立地与你对峙着。尽管诗卉的哥哥诗尧非常爱她，愿意为她付出一切，然而她依然时刻保持着距离，不让对方有任何对自己态度的猜疑。

爱一个不爱自己的人，是一件很痛苦的事情。被一个自己不爱的人爱着，也并不是一件快乐的事情。

小双一方面期望诗尧能自己走出来，获得属于自己的爱情，一方面又期望自己不要给诗尧一点点念想，她让自己清醒，也让这份暗恋变得非常清晰，从而期望果断地切断它。

然而，有一个人出现了。

这个人叫卢友文，有才，漂亮且桀骜不驯，有着文学的梦想。他对现实有独到的见解，对理想有明晰的规划，他敢说敢做敢冒险。在众人眼中，他出类拔萃，他语出惊人，他是一个有着光明前景的人。

然而外表只是外表，别人的看法也未必准确，一切是需要时间去考验的。只是谁能料到后面的故事该怎么发展？如果大家真的能洞悉世事，人世间也就没有那么多的遗憾了。

任何女孩陷入爱情当中都会变成傻子。她愿意为他低到尘埃里，在他的文学梦想面前，她引以为傲的钢琴都变得不值一提。

她为他付出一切，和他结婚，住进了一间破旧而偏僻的小屋里，她打扫房间，期望与他共此一生。

故事是不是应该结束了？很多爱情到了这里便是一个美满的大结局。可是这一次，并未如愿。这一次琼瑶阿姨没有那么浪漫，她是真实的。将真实的人生剖开给人看。

爱情，在柴米油盐面前变得不值一提，生活的艰辛把爱情的憧憬砸得粉碎。他们缺钱，缺工作，缺人脉，缺所有一切生存的依傍。

卢友文的写作并不顺利，他一直梦想着一步登天，写一部旷世之作，憋在房间里，等着诺贝尔文学奖从天花板上掉下来。

现实终究是现实，不是夸夸其谈，不是抨击社会所能改变的，现实是你需要吃喝拉撒睡，现实是你需要去照顾好自己和身边的人，现实是你需要支撑起生活，去接受人间烟火的打扰。

这对贫贱夫妻开始争吵不断。

小双决定去教授钢琴，补贴家用，却被卢友文嘲笑不堪，他不高兴的时候，说她是贱卖艺术。小双将父亲留下的音乐《在水一方》进行修改调整，竟然卖给了电视台，而这一切显然刺痛了不得志的卢友文，他冷笑地看着小双，说我们家出了一个才女，一个作曲家了吗？这个世界快完了，像你那样的音乐竟然也可以卖钱，也可以去赚钱。

他不理解。

你看，即使到这个时候，卢友文也不忘记抨击一下社会对艺术的接受度，他是众人皆醉我独醒，他是高尚的，所有的一切都是卑微的，都是不堪一击的。你们不能理解我，那是你们的不是。

我需要做我的事情。

这是糊涂的时候。清醒的时候，卢友文也会痛哭流涕，也会做自我批评，说小双真傻，为什么会看上他这样一个百无一用的书生呢？他卢友文连妻子都养不活啊。

然而这种清醒为的是什么？

他的目的很简单，他需要小双说，没有关系，你努力写，我相信你，相信你的梦想，相信你的才华，相信你有一天会拿到诺贝尔奖的。

等这一切满足了，他们的战争偃旗息鼓，她温柔地看着他，他也黯然地继续懒下去，以才华的名义，以梦想的名义……

小双却在这个时候怀孕了，米缸里连一粒米都没有。如此这般，小双依旧不离不弃。她觉得卢友文的本质是好的，她离不开他，因为她爱他。

有时候，爱情的一方如同受虐狂，尽管对方已经将其伤到千疮百孔，但她依然舍不得放手，抓住一根弦死死都不放。哪怕那根弦将自己的手指割裂，嵌进肉里，血肉模糊。

直到有一天，她发现他竟然赌博，竟然卖掉了家里仅有的一些破烂家具。

他被诗尧从赌场拉回来时，满脸胡茬，消瘦而憔悴，乱发丛生，特别是一双眼睛，如同嗜血的狂魔，血红血红。

这一次，小双真的离开了他，尽管他百般哀求，乞怜，匍匐在她的脚下，他要痛改前非，然而小双并没有答应他。只是她给了他一个承诺，只要他能写出一本长篇小说并且出版，她便回来，回到他的身边……

卢友文离开了台北，去了农村，开始了真正的写作。他写下了忏悔与不堪，写下了他和小双之间的故事，他用心去写，用心去回忆。直到有一天，终于完成了一本小说，尽管这本小说没有任何反响，根本没有人提起它。

但是卢友文满足了，这是自己的梦想，也是小双的梦想，是他们爱的起源。身在台北的小双终于回到了卢友文的身边，但是此时卢友文已经身患癌症，小双陪伴他直到生命的最后。

她爱他，一直都爱。之所以决定和他在一起，是因为爱他，之所以依然离开他，更是因为她爱他。你颓废，那我只能坚强。我坚强是为了营救我们的爱情，你我的人生。

一生所爱

我和小晚是在她大学里认识的。

她是名牌大学学生。我是学校门口露天烧烤店的服务员。

她来吃烧烤，我们便认识了。

有几个小混混来找她麻烦。咦，美女，这大晚上一个人吃烧烤啊？

小晚柔柔弱弱的，哪里经得起这样的阵仗，有些紧张，想离开，却被小混混拦了回来。我驾轻就熟，走过去，逢迎地笑，哎，几位大哥，给小妹一个面子，放过我姐们儿，给你们来几个大腰子，算我请客。

领头的小混混一把推开我，你算个什么东西？

他娘的，还没有人敢这么推我，他算个什么东西？

我顺手就操起一边的啤酒瓶，学电视里的样子，“啪”的一下在桌角敲碎了，厉色道，别给脸不要脸啊，当我第一次在这地头上混的吗？

一面对店里喊，三喜、四哥，出来，有人闹事儿。

我的一堆大哥二哥从店里冲了出来，把那群小混混给吓着了，显然他们是初出茅庐未见过大阵仗的……

我和小晚就这么认识了。

后来我经常去学校找她玩，我真的没见过那么漂亮的女孩，眼睛永远像蒙了一层雾水，一种迷蒙的气质云山雾罩着全身，纤细而温柔。

我们手牵手在校园里散步，有时候我会在她宿舍里过夜。

宿舍里每个人都有自己的床帘，四个女孩仿佛隔出了四个自我的小天地。

我从背后抱着她。

我说，你冷吗？她摇了摇头，说，小月，我们可以做一辈子的朋友吗？我说，当然，为了你，我死都愿意。我的手覆在她的胳膊上，感觉到她微微的战栗着的肌肤，她回转过身子，面对着我，轻轻地亲了我一下。

小月，你有过孤独的感觉吗？就像一只不肯撒口的蚊子一直叮在那里，躲不开，找不着，拍不去。

小晚，以后有我了，你再也不会孤独了。

是的，小月，你是我在这个世界上最知心的朋友。

其实很早就知道小晚，她经常来我们店里吃烤肉。

有时候是一个人，有时候会和一个男人一起。那个男人大约三十多岁，很儒雅的样子，目光很柔和，眉头却一直微微皱在一起，形成一个很好看的川字，好似思考着人生。

他吃得很少，小晚是个吃货，但只吃烤羊肉串。

每一次，他都点了很多，很少说话，只是微笑地看着小晚，看着她一点一点地消灭它们。

在暗夜的街头，他用一次性的塑料杯子喝着啤酒。

手指很修长，是一双可以弹钢琴的手。

手机的音乐是《大话西游》的主题曲《一生所爱》，每次来电的时候，他都不急不缓地拿起手机，接通，缓缓问候对方，你好。

声音浑厚如同自带重低音。

他是小晚的男朋友，叫峰。

我不喜欢峰，真的，一点都不喜欢。小晚抱着我，低声说。

你知道吗？小月，我是一个懦弱的人，峰的父亲和我的父亲是发小，我们在一起似乎是天生注定的。想想很可笑，感觉像定了娃娃亲，但一切就是这么顺理成章。

小月，你知道吗？我来到这个城市之后，他也跟着来了。

他很优秀，似乎所有难的事他都可以迎刃而解，找工作，拿高薪，照顾我，一切都特别自然。

可是，我不喜欢他。小月，可能所有人都不能理解，我的父母也觉得我们必定会成为幸福的一对。

但是我相信你能明白，对吗？

我点了点头，在校园宿舍楼顶上，点了一支烟，我当然明白你。

我希望你能过最好的生活，我也希望自己能陪在你身旁，做你最好的朋友，哪怕牺牲我自己，都要让你快乐。

大学毕业之后，小晚和峰便结婚了。

那个婚礼办得非常热闹，我穿得很邋遢，来不及换下工作服，不是对小晚的事儿不上心，是真的没有时间。

新人来敬酒的时候，我正在抽烟，想按灭点燃的烟，却从中间折断，把自己烫了一下，还好不重。

大家都在热情寒暄，祝福，谁也没有注意到，除了小晚。

不便多说，只是一个关切的眼神。

我摇了摇头，和他们对饮，一干二净。

祝福你们，祝福你，小晚。

我拉过峰，在他耳畔轻轻说，你要照顾好小晚，否则我跟你没完。

峰的身上有一股甜甜的桂花香味，我的心悸动了一下，有一些尴尬。

喝多了，脸已绯红。

峰说，放心，小晚有你这样的闺密，真的是三生有幸，以后你也是我最好的朋友。

我笑了。

那晚我喝得酩酊大醉，回到出租屋里，吐得一塌糊涂。

一个人的地下室，也没人管我，我就在那里吐了睡，睡了哭，胡乱折腾，昏天暗地。

不知道多久才发现地下室进水了，我的鞋子漂在水面上，整个屋子里全是水。

电灯恍恍惚惚、极不情愿地亮着。

似乎在海上，漂漂荡荡，远处一片黑暗和迷茫，没有灯塔，也没有彼岸，注定要漂泊到老，然后投生，继续漂泊，无穷无尽……

小晚曾对我说，小月，你知道吗？

那晚，我看到你的落寞，我当然懂你的心思。

我对自己说过，如果有一天我结婚了，我一定不会让你落单。

所以婚后我和峰都会带着你一起，旅游，吃饭，K 歌或者购物。

我们仨可以是一家人，不是吗？

等到有一天你有了自己的丈夫或者男友，我们四个人也可以是一家人。我等待着你的好消息，小月，我的婚姻平静无波，但我期望你有一个属于自己的幸福，有一个像我一样爱你的男人。

小月，你的天真和单纯不会辜负你，有一天，你会获得这一切的。

小月，我是你的知己，我们是一生的爱人，不离不弃。

我知道，你的婚姻并不幸福。

每一次你和峰在一起的时候，我会刻意保持一段距离，然而我看到的是你们的若即若离，你们靠得越近，似乎就会越远。

你不爱他，但峰是爱你的。

其实你有没有想过，你这样，对自己是不公平的，对峰也是不公平的。有些时候很多顺理成章的事情并不是对的，既然不对，为什么不突破它，改正它呢？

他们第一次争吵，小晚来到我的房间里。

她抱着我，静静地睡着了，没有哭。

那晚，等她熟睡了，我走出屋子，帮她在便利店里买了一些吃的，我怕她起来会饿，因为她说她已经很久没有吃东西了。

便利店附近有一条巷子，我以前经常去那里。

仿佛是脑海里的画面，还是真实存在过？

一个男人在那里热烈地拥吻着女孩，灯光黯淡中，女孩露出胜利的微笑。

我开始恋爱了，这个男孩是小晚曾经就读的学校大一的新生，19岁。

他叫秋。

我依然是学校门口烧烤店的服务员。

我说，秋，你为什么会喜欢我呢？我又不漂亮，又没学历，大大咧咧的，没有女人味。我跟他说，你知道吗？我有一个姐们儿叫小晚，那才是有女人味，像洗澡过后挥之不去的肥皂香。

他说，是吗？我可以认识她？

为什么不可以，我和小晚本来就是一体的。

我的快乐为什么不能和小晚分享，就像我时刻分享她的忧伤。

小晚和秋很聊得来。

他们的爱好竟然那么相像，都是神经质，外人看来，两个神经病。

加上我，三个神经病。

峰没有加入到我们的阵营里来。

他始终徘徊在圈子的外面，小晚是我的，她永远和我是一个圈子的，这一点我很开心。有时候，人与人之间，要的就是这样一种默契和接受，不需要说任何话语，就知道你是我世界里的主角，而同样，我也是你世界里的。

我对小晚说，你喜欢秋吗？我可以把他让给你。

为什么？她疑惑。

因为你是我最好的朋友，我的一切都可以给你，只要你愿意，我就愿意。

小晚笑了，小月，你对我真好，但是我知道，我不配，我是有家庭的人。小月，谢谢你，你一直在为我考虑，只是你仿佛生活在童话里，你的这些好是不现实的。

那年的秋天，我和小晚还有秋去郊游，这一次峰去外地出差了。

我们去红叶满林的栖霞山。

红叶下的小晚如同一个精灵，她还是那么美，结婚了两年，她一直说她不幸福，然而她的美依然如我第一次见到她的样子。

不，可能多了一份女人的韵味。

少女情怀总是诗，女人的韵味则是酒，或者茶，十年醇香普洱。

那一晚，秋进了我和小晚的房间。

那个时候，我坐在酒店的咖啡厅里喝着咖啡，窗外有秋雨，一阵秋雨一层凉。

我安安静静地喝着咖啡，桌上是我们房间的房卡，我知道小晚明白我的用意。

小晚后来告诉我，是的，当那个男人走进来的时候，我呆住了。

我想按亮灯，才发现竟然没有电，房卡被人拔了。

我听到秋的声音，小晚，我是秋。

他的身体覆了下来，像一座高山倾斜而下。

秋，我是爱你的。

人生苦短，有什么比快乐更重要呢？

小晚和峰还是离婚了，在第二年的春天。

我知道你说的是对的，小月，你说的都是对的，如果顺其自然是错误，那为什么不改变这种顺其自然呢？

但是我的心真的是痛的，峰为我付出了太多太多了。

离婚了，我该何去何从？

我不知道，真的不知道，小月，我只知道我选择的路是正确的，但是我看不到未来。

不，小晚，你还有我，还有秋。

秋是爱你的，相信我。

那天秋和我提出了分手，我说，你是不是爱上了小晚？

他承认了，说真的，我特别轻松，那一刹那，我知道我给了你的是我以前从来没有给过的幸福，这份幸福会跟随你一直走下去，有了秋，我觉得自己的使命完成了。

也许秋追求我的那一刹那，就是上天故意安排的，让他因为我而认识你，继而让你们在一起。这也是一种顺理成章啊，对不对？

小晚，你应该不孤独的，对吗？

那个冬日里，小晚和秋去了北京，离开了这个城市。

我会想你的，小晚，一直想你，也许有一天我忍不住去北京找你，但是我会克制我自己。

没有我，你要幸福。

高铁启动的速度飞快，刹那间，他们便消失在我的视野里。

我笑了，眼角眉梢都是春的喜悦。

午后的街角咖啡店，阳光正好，光线透过玻璃窗照在一个女人的脸上，经历了很多故事之后，女孩便成了女人，回不去了。

她是我，我是小月。

一个男人走了进来，他俊朗而诗意，眉角温柔，却在眉心攒成了一个川字。

他的手机铃声是《大话西游》的《一生所爱》。

他身上有一股淡淡的桂花的香味。

你知道吗？峰，我第一次见到你，就爱上了你。但是我知道你根本不会爱上我，因为你有你的爱人，你一直深爱着小晚。

那天晚上，几个小混混从我手里拿走了我那个月薪水的一半。领头的小混混问我，月姐，你这是干吗呀，就为了接近那个姑娘？你不会是拉拉吧。

是又怎么样？是你们就瞧不起我了吗？

老大笑了，月姐还真是不一般啊。

我冷冷地看着他们，喝你的酒去，甭管我的事儿……

我和小晚顺理成章地成了闺密，我知道她的喜好，我给她安排了秋。

我追求秋，就是知道有一天小晚会爱上他。

秋是什么样的人呢？

我查过，没有一段感情能坚持半年的，这一次和小晚能坚持到半年吗？我也不知道，我只知道这样可以拆散他们。

峰，你会喜欢我吗？

我为你做了那么多，你会喜欢我吗？

那条巷子里的女孩回眸，奇怪，微弱的路灯下，她的脸为什么那么像我的——羸弱，苍白。

有的爱情不朝朝暮暮
却天长地久

我听到梁爷爷和梁奶奶的故事时，红了好几次眼眶。这并不是很虐的故事，反而很温情。

我记得张爱玲说过一句话：其实缘分是我们最不能控制的事情，我们却偏偏喜欢说，我们要永远在一起。

其实缘尽于此也并非不能坚持。

缘分也许让他们在六十年前就画上一个句号，然而他们却将六十年前那个突如其来的句号改成了一个简单的逗号，若干年后，再度续上了整个故事，延续下去。

梁爷爷说，我们的故事其实很简单，我并没有觉得这六十年有多漫长，因为我并不觉得她离我很远，我没有等过她，真的没有等过，因为不需要等待，我觉得她一直都在那里，一直跟我在一起。

我想这就是爱吧，哪怕不能厮守，她却住进他的心里，挥之不去，天长地久，化成晶莹的琥珀。

故事的一开始，我们倒回至 1949 年 4 月 23 日。

一个很普通的日子，那一天南京并没有像偶像剧那样下着蒙蒙细雨。

梁奶奶有些焦虑，在学校门口等着她的恋人。

乍暖还寒的春天让梁奶奶觉得有些冷。她跺着脚，看着四周，期望那个人尽快出现。十多分钟后，梁爷爷出现了。那个时候，应该叫小梁，很是年轻。

梁奶奶想扑过去，却又不敢，四周人来人往的，一个姑娘家，总是有些不好意思。

她虽然着急，却保持着那份矜持。因为焦虑又要保持一份拘谨，她的脸微微绯红起来。梁爷爷看得有些心动，不由地呆住了。还是梁奶奶挥了挥手，说，喂。他才回过神来。

梁奶奶要离开南京，她要随父亲一起离开，具体去哪儿，她也不清楚，但是她猜想，时间不会太久吧。可能是一个星期，或者一个月，总之是要回来的。

你会等我回来的，对吗？她轻声地问。

梁爷爷点了点头，当然，我不会离开这儿的。这儿是自己的家啊，他想不出离开这里的理由，不过，现在他有了另外一个理由，就是梁奶奶问他的这句话，你会等我回来吗？

会的，他就在这里等她，直到她回来。

60 年，真快，几乎是一晃便过去了一个甲子。但又好像那样漫长，春秋冬夏不厌其烦地轮转着，计算着岁月的更迭，白云苍狗，云去云来，一切都是静默的，慢慢沉淀在这所学校里。一轮轮孩子脚步的摩挲，将青石板慢慢变得光滑……似乎映照着岁月的记忆，如果它们会说话，将会有多少故事可以说下去……

1949年，梁奶奶16岁，梁爷爷19岁。2009年，梁奶奶76岁，梁爷爷79岁。

梁奶奶终于得到了梁爷爷的消息。

那一天一如往常，她站在阳台上浇着花。那些花儿开得很好，丈夫在屋子里面吃着从忠孝路买来的点心。丈夫评价着，这个点心不如上海的好吃，他年轻的时候，吃的那个生煎包才叫好，香得能让人掉了舌头，特别是刚出锅的，香味十里外就能闻到。梁奶奶笑了，说，还不是想着让我给你做，说这些话来激我，好，今晚就给你做了来。

丈夫也笑了。

就在这个时候，孙子回来了，他让奶奶坐下来，好似非常隆重地要宣布什么，却又不敢说，让奶奶先吃了一粒速效救心丸，平息一下心情。

这孩子今天怎么了，兴师动众，好似天要塌下来。

孙子没有笑，其实他也不知道该不该说这个消息，只是……

只是奶奶已经等了这么久，如果自己知道了，再不说的话，实在太对不起她了。

是的，你说的梁爷爷找到了，他还在那里等着你。

对，就在原来的学校，曾经他的父亲是那个学校的教员，如今他是那个学校的退休教员。

梁奶奶呆住了，半晌没有说话。

孙子吓着了。

一边的母亲有些责怪孩子，看你，怎么也不给奶奶一点心理准备？

孙子上前帮奶奶抹着胸口顺气。

梁奶奶拦住他的手，笑道，老头子想吃生煎包，我得给他做去，这就去楼下买点面粉回来，你们不会挑，我自己去挑……

孙子扶着奶奶离开了。

当晚的生煎包的确比外面买的强很多，只是爷爷的胃口欠佳，没有吃几个便放下了……

四天后，梁奶奶回到了南京。

在那个法国梧桐的街头，学校的门口，她看到了那个她一直思念的人。如今他老了，头发花白，眼睛浑浊，她却一眼便看到了他眼里的那份纯真，清澈得像一块晶莹剔透的玉。

你回来了？

哎，回来了。

是的，隔了 60 年，回来了。

学校还是那个学校，他带她逛着。银杏叶黄了，正悄悄地一片片落了下来，远处是红色的民国建筑，好像一切都没有变，当年的铃铛依然悬在那里，只是不再响了，现在改用的是电铃。

学校很开阔，他们走累了。

梁爷爷说，走累了，就歇一下，又不赶时间，回来了，就好好看看。

一辈子都赶过来了，还怕耽误这几分钟吗？

她静静坐下了，看着他布满皱纹的脸，她问他，为什么要在这里等这么多年，为什么没有结婚，为什么还要一个人过？

他摇了摇头，没有回答梁奶奶。

那一刹那，梁奶奶的眼眶红了。她缓缓说，自己的丈夫对自己很好，他们的孩子都很孝顺，只是一直牵挂着他，一想到他，心里便空落落的，好似当年有个约定没有履行，她觉得很亏欠他。

梁爷爷笑了，哪有什么亏欠，我觉得这些年很开心。

开心还不够吗？活着只要开心便足矣。

一周后，梁奶奶回到了台北。

那天晚上，她轻轻走到丈夫的身边，好似有话说，好似又没有什么要说的，静默不言。

最终是丈夫开口，你是要去陪他吗？

梁奶奶点了点头，我欠他的，这么多年，我想圆他一个未完的梦。

嗯，我是知道的，都一起生活这么多年了，你心里怎么想，我还能不清楚吗？你如果想去做，那就去，我这边有孩子照顾着，一切你都不用牵挂。

丈夫卖掉了一幢房子，换成钱交给了梁奶奶。我要把你嫁到他身边，这是嫁妆。他说。

她知道那是他一生的积蓄，他如此对自己，她却要离开他，这算是另一种亏欠吗？人生就是如此，两份感情堆积到一起，终是无法都去接受，也无法全部去偿还。

她谢谢他的理解与宽容。

他只是温柔一笑，为何要这么说，只因他懂她……

那一天，全家人都陪着梁奶奶来到了南京。

飞机飞过海峡，飞越了云彩，在天空飞过了60年，最终落在了南京的机场。

她回到了梁爷爷的身边。

你等了我 60 年，余下的日子已经不多了，就让我陪着你吧。

60 年了吗？有那么久吗？为什么，我从没有感觉你离开过呢？

或者只是去了一趟上海，你是知道的，你最贪念上海的那些糖油点心的……

贪吃可真不好啊！

是吗？我可也是爱吃狮子桥的桂花鸭。

那便宜，我还跟以前一样，带你坐电车去。

可不要吃多了，回来又要说肚子不舒服……

嗯，不吃多……

这一次不吃那么多了……

这里有酒，请听我娓娓道来

我在黯淡的灯光里遇见朗逸。

她化着浓浓的妆，抽着烟，嘴唇很红，能看到烟嘴被她的口红染成了红色，带着些许的烟视媚行，但透着一股常人难觉的孤单。

朗逸是一个陪酒女，而这次我是以一个买醉人的身份出现在这家KTV的包厢。

领导请客，无奈之举。

这里对于我来说是过客，对于她而言，则是挣钱养活自己的地方。

有了金钱的追求，这里便成了你死我活的生死场。

我说，我们玩游戏吧，谁输谁喝酒。

她应允。

两人在灯光下玩游戏，输了便仰起脖子喝酒。

酒跃入口腔，直接滑落咽喉，细细如草蛇灰线，婉转低回，走过了五脏六腑。

酒穿肠，便打开了双唇，话多了起来。

我亦是情绪不顺，絮絮叨叨地说了自己一堆事儿。

她只是聆听，没有打断，说完之后，只是“扑哧”一笑，黯淡的灯光下看不清她的脸，只是语调有些不屑：

你那些算什么，根本不算什么，对于我而言，你那些就是小儿科。

她应该不知道为赋新词强说愁，如果知道，估计她会说出这句诗来。

你知道我经历过什么吗？

说出来，你会觉得我在说故事，说真的，有时候，我自己都觉得说的是故事，好像那些事情不曾在我身上发生过。

但是细细想，那个故事里的主人翁不是我又能是谁呢？

可不就是我吗？

朗逸最初来北京，是因为同村的男朋友。

他告诉她，要和她在一起。他的话语激情而肆意，他对她也很是照顾。

不过，在山村里面的照顾又有些什么花样呢？大多就是甜言蜜语再加一些小零食之类。

这就是最体贴的方式了。

他要带朗逸来北京，留在身边。

她爱他，当然愿意，跟着这个男人有肉吃。哪怕没肉吃，至少跟他在一起也是开心的。

事实呢？

朗逸说到这里，突然停了下来，凄然一笑，大口吸烟，大口喝酒，卷曲的长发垂落下来，将脸掩住了一半，灯光照不透，便看不清她的喜怒哀乐，多了一份难言的妩媚。

良久，继续说下去。

这个男人竟然让我来这种地方工作。她愤然。

我说，工作没有什么高低贵贱之分。

自己的男人让你去陪酒哎，一个真正爱你的男人会这样做吗？她摇了摇头，眼泪簌簌落下，她说，我第一次听他这么说，整个人都蒙了，他竟然要我来陪人喝酒挣钱，他还是人吗？是畜生！

朗逸据理力争，换来男人的拳脚相加。

男人固然是没有骨气的，只是两人在北京这样一个大都市里，本来便毫无资本，一穷二白，扎根下来养活自己谈何容易。

吵也吵了，闹也闹了，最终还是来 KTV 陪酒。

灯光太暗，很容易看不清自己的脸，有时候哭了，还以为自己是在笑，只是伸手摸一下脸，早已泪眼婆娑，骗自己，是这个包厢屋顶漏了，雨落在了脸上。

很寒，对不对？

可这就是人生啊。

终是忍不住，朗逸放弃了自己的男朋友，回了老家。

洗尽铅华，一切将从头来过，嗯，过去的只是一场梦。回到家之后，北京只是新闻联播里的天安门，只是地图上那一个小圆点，只是别人口中雾霾遮天看不清嘴脸、呼吸便是一口灰土的城市。

朗逸有一些惦念，那个男人究竟怎样了，他还好吗？

会不会没有吃上热饭，或者住的地下室里有没有进水？

有时候生气起来，就厉色得咬牙切齿，他配吃热饭吗？地下室进水？他脑子进水了吧。

不，是自己脑子进水，才总是想起那个男人。

他似乎没有那么坏，甜蜜起来也是会哄人的，也会耍一些小花招换取她脸上灿烂的笑容。

很奇怪是不是？竟然会记挂着他。

直到他再度出现在她的家里，他对她说，自己离不开她，自己需要她，自从她走后，他才发现她的重要。

后来呢？

朗逸叹息……

她跟着那个男人又回到了北京，重蹈覆辙，再度来到 KTV 里陪酒，挣钱。

只是这一次她适应了，似乎也没什么不好，有吃有玩还能挣钱，有些客人的确手脚不规矩，但是只要自己不被他们带出去，他们也不能把自己怎么样。

朗逸越来越能喝了。千杯不醉！

为什么不醉，醉了不是更好吗？喝酒不醉，那还要喝酒做什么？

酒就是用来醉的啊。

就在这个时候，男人死了。

突如其来，猝不及防。

大街上打群架，被人砍了十几刀，于她，没有任何的交代，匆匆忙忙便奔赴黄泉。

真是着急，那边有首富的二奶已经怀孕，等着他去投胎不成？

她没有见到血淋淋的场面，而是被人叫去太平间认尸体。

白布掀开，露出苍白的脸。

她看到了那张还算帅气的脸没有了血色，少了一份戾气，变得斯文儒雅了许多。闭着的眼睛，再也没有办法与她对视了。

她怔怔地看着安静的他，一样的眉眼，竟然没有办法将面前的尸体与那个男人联系起来。

这一切结束了。

终于结束了。

她应该觉得解脱才对啊。

只是听到自己内心深处有一种碎裂的声音，像一个非常完好的水晶瓶滑落而下，落在大理石的地面上，碎裂，四散开了，那声音清脆而决绝……

接下来，是给老家打电话，火化。

她看着男人的尸体随着工作人员按下按钮，缓缓地从输送带上滑进了火化炉。

那一刻，她呕吐了，在火化炉外看着高高的烟囱里冒着的黑烟砰然腾上天空。

人有灵魂吗？朗逸想。那一刻，身体消散，灵魂去了哪里？

如果放不下自己，他会回来纠缠自己吗？

她期望他来纠缠，还是害怕？

朗逸自己都没有办法给出一个答案，她真的也不清楚自己究竟是怎么想的。

恨吗？似乎有一点。

爱吗？应该很久之前就已经没有了吧。

但似乎对以往的生活多了一份眷念，如今硬生生割裂了曾经的岁月，有人帮她翻开了人生的新篇章。

可是自己似乎没有准备好呢。

她希望推开门，有他在。希望在发工资的日子里，他来和自己要钱，似乎那样才能感觉自己是活着的。

她看着骨灰被男人的家人带回去，他的家人问她，你回去吗？

她摇了摇头，回不去了，她没有办法再回去了。

依然留下来继续工作，依然是 KTV 里的陪酒女郎，依然不出台，不和客人接吻，依然在工作的时候，将头发披散开了，低头便遮住了半张脸。依然喜欢在工作的时候抽烟，烟雾缭绕里，更能掩饰自己内心的孤单。

朗逸说着故事，断断续续哭了好几次。

哭那个男人吗？

不，更多的时候是哭自己，哭曾经那段青葱的岁月。

我喜欢工作，不喜欢在家待着休息，工作让人忘记了孤独，忘记了很多东西。

酒是好东西，虽然需要用五脏六腑暖它，却能让你的心也冷下来。

心冷下来，就不知道疼了。

那你还相信爱情吗？我问她。

相信啊，为什么不相信，我相信爱情，我等待那个人出现，接受我的过去，然后把自己交给他。

她说，我憧憬，即使我现在没有爱情，我依然憧憬属于我的爱情，属于我的人生、未来，以及所有应该的美好。

我知道，再冷的酒都不能冰透她的心。

就像滚烫的心不会被任何寒冷所浸透一样，这是必然。

爱让人卑微，痛让人成长

失恋的人往往会痛入骨髓，但痛过之后便是成长。而爱一个人，却容易爱到卑微，卑微到沉湎其中，无法自拔。

如果对方是爱着你的，那么这种卑微应该还算是值得，如果并非如此，或者消散了曾经的爱，那么这份卑微怎么看都觉得有些凄凉。是紧抓不放继续凄凉下去，还是放手让自己痛，让自己结痂成长呢？其实很多时候，则是身不由己。

有一次看《射雕英雄传》，有一段黄药师和黄蓉的对话。

此时，郭靖要回蒙古做金刀驸马。黄蓉再三祈求也无济于事，他是要走的，因一份责任和承诺，尽管他还是爱着她，但是在大丈夫一言九鼎这句话面前，所有的爱便变得没有了力量，也没有牵绊的能力。

黄药师要黄蓉跟自己回桃花岛，自己的女儿不能被人欺负。一个父亲终究是舍不得孩子受委屈的。

黄蓉却不愿意，她要跟在郭靖身边……

爱让其卑微到几乎要跪下来祈求这个男人。

这是书中他们当时的一段话。

黄药师：你还跟着他？

黄蓉点头不回话，也不去看父亲，一脸的倔强。

黄药师憎怒且怜惜地：他要去当他的金刀驸马了！

黄蓉黯然：我知道，但是我知道他心里有我。

黄药师叹息：他终究不能和你在一起。

黄蓉：那又怎样？他能和我在一起一日，我便快活一日，他以后做了金刀驸马，心里还有我，我心里就有他。他成亲，我也成亲，他有我一日，我就有他一日。

黄药师叹息，遂由着女儿了。

起初我听来，觉得黄蓉好有个性，后来却觉得黄蓉好卑微，真是低到了尘埃里。

那样一个冰雪聪慧的女孩，在郭靖这样一个木讷的男子面前，便成了依附于他的人。

好在后面有蒙古伐宋的故事，终究成全他与黄蓉这对看似神仙眷侣的爱情。生相守，死同穴。琴瑟和鸣，举案齐眉。只是可悲了黄蓉如此聪慧，竟陪着一个愚忠的男人一起战死襄阳。

我不知道黄蓉在死的那一刹那，有没有想过美丽的桃花岛，耳畔有没有阵阵海潮袭来，空气里绵延的海味，少年时期哑奴的陪伴以及父亲教她的梅花易数。或者想起曾经这一段看似为了正义、道德、承诺而对她的背叛。

那一切都已经遥远了，这几十年，她终究在硝烟弥漫中，跟一个看似懂得爱情却迂腐得可以的靖哥哥消殒了自己的美丽。

她还确定自己是爱他的吗？

大丈夫终究是不能做一个背信弃义的人，襄阳城被袭击之时，在郭靖这里，对华筝的情感变得一文不值，纵然你有千般温柔，万般美丽，终究是敌人，无可挽回，为了家国，我甚至可以杀了你。此时，黄蓉则是身边为了保护大宋不离不弃的助手，于是回归到黄蓉身边，任华筝如何祈求与追随也无济于事。

郭靖是顶天立地的汉子，如何能与侵略自己国家的人履行婚约？

郭靖回到黄蓉身边天经地义。

爱情是什么？轻如鸿毛，浮如尘埃。是男人生活里的点缀，是人生疲惫时候的一份甜点，有则锦上添花，无则毫无挂念。

我一直不太喜欢郭靖，这个人迂腐而无趣，大丈夫可以为国为民，但为何对一个女人却如此狠心，近乎是无情。

在民族大义面前，自己的爱情的确不值得一提，然而真的是说断就断的吗？

那当初你爱过身边那个红颜知己吗？你的爱又是放在哪里的？

如果爱过，如何狠心？

民族大义如此，慈悲亦如此。

弘一大师的妻子在得知弘一出家，特意赶到杭州，期待见一面。然而弘一大师却并没有见。妻子无奈长叹：慈悲对世人，为何独独伤我？

为何呢？

爱的接纳方如此狠心。而爱的施与方却一直如此割舍不下，直到伤得体无完肤，却仍然抓住他，如同抓住一根救命的稻草。

爱上一个人，真的会让一个人变得卑微起来。

黄蓉如此，金庸笔下其他女子不是这样吗？

《飞狐外传》里的程灵素，更是如此。明知胡斐心里有袁紫衣，依然不离不弃，甚至为了这个男人失去自己的生命也在所不惜。《天龙八部》里的阿朱，也是如此，为了爱，她宁愿用生命满足乔峰报仇的心理，同时保护自己父亲的生命。《倚天屠龙记》里的周芷若，到了最后，反而是祈求男子的谅解。

她是爱他的，没有办法，到了最终关卡，依然只得低头。

女子如此，男人呢？

好像也没有高明到哪儿去。

《笑傲江湖》里的令狐冲，《倚天屠龙记》里的杨逍，《天龙八部》里的钟万仇等等，这些人物在爱的人面前，宁愿放低了身家，只为成全一个爱。

最为极致的还是东方不败，为了一个男子，曾经的一统天下，曾经的千秋万代统统不要，只为杨莲亭一人绣花。

在私密花园里，享受着自己的一隅之乐。

我有一个朋友，当男友渐渐与她疏离之时，一开始并没有觉察到什么，只是微微一笑，很硬气地想，你离开我又怎样，喜欢我的人多了，你算老几？

但随后，她发现男友连朋友圈都对她屏蔽了。

再后来，便发现原来已经有两天没有接到他的微信了。

遂紧张起来。

怎么办？怎么办？

于是主动跟他联系，约他吃饭，给他发微信，嘘寒问暖，然而对方却冷淡地告诉她，在忙呢，需要去谈一个合作，需要加班，需要和朋友去酒吧喝酒，需要去应酬……他的活动安排里唯独没有与她的重合。

如此往复几次。

她不禁黯然，不得不张开千斤重的嘴唇说出那万斤重的话，你是不是已经不爱我了？

得到的，自然是最肯定不过的答复。

那一刻，她整个人都崩溃了，却无能为力。只能去祈求，去追随，将自尊踩在脚下，过往的一点一滴通过电话哭诉给他听。然而越是如此，对方越是反感。其实自己也知道，无论自己如何努力，对方也很难回头了。

爱你的时候，你怎么做都是好。不爱你的时候，你做什么都是错的。

于是，对方开始不接电话，不回微信。等待只剩下一片空茫。那一刻多么希望能得到他的消息。他在干什么？他有没有一丁点儿想到过我？

开始用其他号码打给他，听到她的声音，他“啪”地挂了电话，再注册新的微信号，QQ去主动搭讪他，期望他能重新爱上自己，起初似乎有这个希望，但是只要你表露真实的身份，再度发微信过去，发现对方已经需要重新认证了，原来自己已经被他删除出局了。

真的走了，如此狠心地将你从他的生命里一笔勾销了。

无论你从半夜的梦中如何哭醒都无济于事了。

她遇见他，她变得很低很低，一直低到了尘埃里，但她的心里是欢喜的，从尘埃里开出花来。

大抵所有爱的人都在犯贱吧，快乐地犯贱。

对于人生而言，有什么比快乐更重要，又有什么比爱更重要呢？

爱如此让人卑微，反之，痛却是让人成长的，尽管有时候，这种成长未必是一件好事。《神雕侠侣》里，杨过与金轮法王对阵，夺回襁褓中的郭襄，拼尽全力，只是想，即使自己死了，也要把襄儿送还给郭伯母。

此时，小郭襄突然大哭起来。杨过愣了一愣，想到，纵然我此刻为这个女孩儿拼命，如今我中情花之毒，数日后便死了，女孩儿长大了，哪里还能记得今日有我在这里为她拼死一搏。心中不禁黯然起来。

每每看到这里，竟不自觉动容起来，杨过哪里会想到，这个女孩用一辈子去记住他，一辈子生活在他的影子里。

郭襄的一生都在寻找她的大哥哥的影子啊，用一辈子去慰藉心中永远的痛。

于是郭襄成长了，在《倚天屠龙记》里，小郭襄最终成为峨眉派的开山宗师，痛让她从一个懵懂无知的少女在寻寻觅觅中成为一代武学大师。

我的那个朋友，整日以泪洗面，无法自拔。

我们只得轮番去安慰她，然而都没有用，除了担心，我们真的没有什么锦囊妙计。直到有一天，我的另一个朋友和她喝酒，低声而很有力地告诉她，你就是现在死了，他也不会回头看你一眼。

你们已经不在一个生活轨迹当中了，而且会越来越远。

这个人对于你来说，已经不存在了。为了一个不存在的个体，你如此这般傻不傻？

这句话说得很清淡，却似乎很有力。

毒瘤终究是要挖的，挖下来便是流血，便是痛，但又有什么办法呢？这是简单而唯一的解决问题的办法。

被爱伤到的朋友叹息了一声，缓缓将一杯酒一饮而尽，什么也没有说，回去睡觉了。

第二天，我们看到了一个不一样的女孩儿。

她将头发剪短了，化了妆，这些天一直跟鬼似的气色焕然一新，她的微笑似乎还带有一点点往昔的苦涩，却平添了一份成熟的韵味和诗意的气质。

她开始上班了，开始奔波于她的业绩。还开始了写作，她说她有很多东西需要倾诉。

一切过眼云烟，终究散去，飘荡在空气里，不复存在。

痛让人脱胎换骨，转世为人。

我想过了，为什么要把精力花在一个陌不相识的人身上？我有我的世界需要打理，我需要很多精力和时间去应付。

那段感情呢？

先珍藏起来，放心底，不要启封它，也许有一天它闷在里面变成一颗珍珠，也许有一天它便消失得无影无踪，但是它曾经是我的一份最为难得的记忆，也将是我生命里的一部分。

我没有他那么无情，我是要珍藏的。

爱让人卑微，痛却让人成长。

在生命里，我们可能会遇到很多这样和那样的爱，你施与对方的，或者对方给予你的，这都是财富。三生石上的缘分，我们需要去珍惜，然而当我们爱过、痛过、伤过的时候，我们是否需要回头去看一眼那个伤口，顾影自怜，还是甩甩头，尘封起来，走下一段路，不再留恋曾经的路和色彩。

一切是你需要在一场爱情之后做出的选择，我想无论如何选择，等你走出来的时候，你便已经成长了，你便已经获得了新生。

时间会给你最好的回馈

去和小绿见面，周安赶了一个早班机。

天还没有亮，下着大雪，簌簌地拍打在车窗上。路上没有行人，一路畅通无阻。周安感觉自己好像不是在北京，路灯亮着，远处是黑黢黢的世界。

早班的机场，旅客都像丢了魂，疲惫不堪。

周安的内心却充盈着快乐。

小绿和他认识了有两个多月了，这一次他要去她家，她一直成长的地方。

恨自己与你相识太晚，青春年少的时光没有陪你一起度过。没有关系，这一次我要在你的陪伴下去你成长生活的地方，了解你的过去，让我走进你的曾经，让彼此相识的时间往过去岁月里延长延长，直到整个人生。

很浪漫，是不是？

周安给小绿发了一个信息，你起床了吗？还没有醒来吧？我已经在机场了，我们待会儿就可以见面了。

小绿回了一个热情拥抱的表情。

哪里能睡着，昨晚她一夜未眠。

周安劝小绿赶紧闭会儿眼睛，哪怕睡不着，也要闭一会儿眼睛，养养神，过一会儿就可以见面了。

他拿起自己的水杯去机场的热水区冲茶水，茶杯的盖子似乎有些松了，滴滴答答地一路洒着水滴。

周安步履轻快，就那样一脚踏在滴落的水滴上，摔了一个“屁股蹲儿”。

玻璃杯碎了，茶水溢了出来，满地都是。就在这个时候，他看到手心鲜血涌了出来，滴滴答答，触目惊心。

手心被碎玻璃划破了。

时间太早了，机场的医务室还没有开门，一切都变得非常混乱。好心人总是有的，有人递过来湿纸巾和创可贴。

等一切混乱结束之后，周安给小绿发了个信息，自己摔倒了，手心划伤了。

小绿问他怎么了，快拍给我看看。

看完之后，责备道，怎么那么不小心，以后不许用玻璃杯了。

周安感动极了，多少年没有一个人这样关心自己了。

这个冬日里，周安的心融化成一杯浓浓的奶昔。

然后怎么样呢？一个月后，他们分手了，是小绿提出来的，原因简单到不能再简单：已经没有感觉了。

感觉是什么东西？说来就来说走就走吗？

戒掉一段爱情如同戒毒，流鼻涕流眼泪浑身无力万念俱灰。周安经历了这样的岁月，觉得自己的生活已经暗无天日了。

他拼命地去直播平台找人算塔罗牌，我和她还有可能再续前缘吗？我和她还有故事吗？我们还有交集吗？

一次次都是否定的答复。

怎么可以，继续算下去，直到有一个好的结果。

但终究是要渐渐放手。最后一次算塔罗牌，他决定算完，就放手了。

结果依旧。他颓然。

就在这时，他的手机有信息提醒，一个叫小池的女孩安慰他，让他不要伤心，爱情不是全部，你还有更多的事情要做。

小池走进了他的世界，让周安觉得很意外，似乎以前所做的一切都是为了等待小池的出现。

周安和我说这些的时候，小池一直温柔地看着他，他们四目相对，眼里充满了温柔，我想这就是真正的爱吧。周安说，小池永远会让他觉得安稳、快乐，没有大风浪，平静得让人彻底放松下来。

我突然想起，若干年前，看到有人截图周迅和李亚鹏，周迅和高圣远的照片。那个时候，周迅浓情蜜意看着李亚鹏，完全是一个小女人沉浸在爱情当中的模样。若干年后，李亚鹏放开了周迅的手，周迅一度失落，几乎不知道未来的方向，上天却安排了高圣远的出现，另一张照片上的高圣远看着周迅，爱几乎从眼眶里溢出来。

上天总有计划，当你失去一段爱情的时候，不要害怕，不要彷徨，相信爱吧，时间会给你最好的回馈。

第三章

再见会是哪一年 我的旧街少年

匆匆那年，
我们曾短暂地相处过一段时间。

我有我的人生，
我是我的萤火虫，我发着光，
同样为了照亮自己。

每一只萤火虫都是为了照亮自己的人生

周六的下午，我到一个奇幻电视剧的发布会去采访，再度看到了针遥。

我跟一个媒体朋友说，我认识针遥。认识她的时候，她还在剧组跑龙套呢，那时候我在剧组跟组改剧本，大家晚上一起吃火锅，聊得非常开心。

我朋友说，现在她未必能记得你。一是时间太久了，真的可能会忘记。二是人家现在是当红花旦，很多时候可能会选择性忘记。

我笑，我倒并不在意她是否会记得我，人与人之间的关系本来就像天上的浮云，你不知道什么时候会交汇，什么时候又远离，这么多年，不记得我正常。但是我觉得针遥是记得我的。

我的媒体朋友很不屑地笑了，你看着吧，事实是最好的证明。

那天晚上针遥穿着一袭简单的红色小洋装，脸很小，化着精致的妆，清爽而俏皮的样子，像一个长不大的孩子，一直微笑着，带着一点婴儿肥的脸，显得青春而富有活力。

我在人群中，被记者和粉丝推得前俯后仰，但因为看到针遥，我还是非常激动，往事历历在目，在横店的那两个月里，她和我一起吃着火锅，聊着梦想和憧憬，还有她的爱情。

我听着记者们的提问，针遥对答如流，小丫头百炼成钢，或许闲暇时光里，早已绕地球玩了三四圈，已经不是从前那个为了二十块钱的面条还要考虑一下的女孩了。

终于抢到了话筒，我问针遥。那一刻，针遥脸上的表情有几秒钟的凝固。

她认出我来了！我激动异常。

然而很快，针遥的脸恢复如常，她以职业化的笑容向我微笑，聆听着我的提问。

我问她，剧中的女主人公是一个为爱情而甘愿放弃一切的人，你有没有过这样的爱情？

她一副懵懂的样子，看着我，似乎并不明白我在问什么，继而很巧妙地用语言转移话题，讲到她的爱情观和对爱情的看法。一切驾轻就熟。

她成熟了，她也忘记了我……

不，不是忘记——而是，她成熟了，所以她选择性忘记了我。

回来的路上，我免不了被那位媒体朋友嘲笑。

我淡淡地说，也许我认错人了。

她笑，我管你认没认错人，总之今天你输了。

是的，这一次我真的输了……

那个夏天遇到针遥，她进组做跟组演员。

有时候，我闲得无聊，就在现场看拍摄。

我看到人群里一个待命的女演员热得虚脱，便将手里的一瓶矿泉水递给了她，那瓶矿泉水是我从景区外面买来，里面有一个大大的冰块，她尽兴了一大口，然后感激地跟我说谢谢。

我们就算认识了。

几天后的一个晚上，我从宾馆出来觅食，遇到了坐在路边吃烧烤的针遥，她和她的小姐妹吃得正开心，见我来，招呼我。我坐在一旁，看她们吃得不亦乐乎。很难得，一个立志做演员的女孩能这么放开吃夜宵。

针遥说，要感谢我，请我吃十个肉串。

我摇了摇头，那怎么行，男生和女生一起吃饭，第一顿，怎么着也是男生请。

她也不客气，你比我们挣得多，请就请吧。

那晚，我们聊了好多，我第一次知道跟组演员的收入，一个月 4000 块钱，不算多，但包吃包住。

对于一个北漂的演员而言，已经不错了，这个剧组拍摄周期总共是三个月，至少这三个月的收入和工作都是稳定的。我也知道了，北漂演员是多么辛苦，像针遥这样的，几乎每个月都在贫困线上下浮动，在横店这段时间已经过得相当不错了，直接从温饱以下跳跃到了小康以上。

后来我们经常一起出去吃夜宵，针遥很贪吃，但吃得并不多，五六根肉串也就停下来，那个肉串的量其实少得可怜。她不喝任何饮料，只喝矿泉水。我想这也是为了保持体形的原因吧。隐隐觉得这个小姑娘的克制力很强，有一股让人欣赏的韧劲。

针遥告诉我，那天那瓶有一块冰的矿泉水简直是救了她的命。她差点就热得为演艺事业奉献出生命了。

针遥出生在北方的农村，一开始从来没有想到自己会去当演员。针遥说到这一段时，脸有些涨红，不知道是不是喝了酒，整个人显得有些迷糊，眼神里满是害羞，她微微争辩着，其实想是想过，只是没有真正地把演员当成理想。

那时候，只是想读书，出来工作，能每个月拿到一笔上千元的工资，就很满足了。家境不富裕，自己能够补贴一点家用，就已经是她最大的理想了。只是后来，不知道哪一根筋搭错了，针遥参加了国内一档著名的选秀节目，一举获奖。

从那时起，针遥才真真正正把表演当成自己的一个，理想去拼搏和努力。她把正式的工作辞了，在北京漂了两年，来来回回横店——北京，北京——横店。

我问针遥，有没有后悔过，曾经的工作在当地也算不错，再找个好男人嫁了，一辈子安安稳稳，也非常不错。针遥摇了摇头，不后悔，从来就没有后悔过。她的眼里有一丝倔强，因为跨出这一步，我才知道这个世界有多大，有多么有趣。

即使没有未来那又怎样，有些人生随时可以重新回到那个轨道上去，表演这一条路，是我偏离原先的生活轨迹才得到的，如果再回去，也许永远不会再回来了。所以如果能坚持两天，我绝对不会只坚持一天。

原来接近梦想是那么令人神往，针遥说自己能感受到理想离自己越来越近了，似乎随时可以握住理想的手，来一段让人沉醉的双人舞。

其实，我也知道，演员这个行业就是这样，似乎离孙俪、汤唯的世界很近很近，有时候还有可能进了一个组，有可能演同一场戏，似乎再努把力就能达到她们的高度。然而其实远着呢，十万八千零一里，孙悟空一个跟斗都翻不到。就像买彩票一样，似乎随时都有可能中那个大奖，看似触手可及，事实上，却隔着一块几十米的厚玻璃，只是让你看看而已……

针遥感慨着。

所以我从来没有梦想过有一天能成为他们那样。虽然说不想当将军的厨子不是好跑堂的，但是有些好高骛远的想法，真的没有想过。

那万一有一天成功了呢?

那就是走了狗屎运吧。她淡淡地答，将最后一根肉串吃了，喝了大大一口矿泉水，好像很辣，她吸着凉气，眼泪汪汪的。

她的闺密笑了，其实针遥想做演员还有一个原因。闺密说出了一个男明星的名字。针遥拍了闺密一把，瞎说，转而就笑了起来。

针遥说自己很早就看他的戏，做了演员之后，的确想过有一天能和他在片场见面。

后来，针遥真的和那个男明星见面了，而且的的确确是在片场。他为人不错，不枉费针遥追星多年，不但在拍戏间隙给针遥签名，还很亲密地和针遥一起拍了合照。

针遥激动得无以复加，不知道该怎么去和对方说话，只是呆呆地傻傻地笑着看着他。男明星也许早已习惯在片场遭到别人的追捧，只是淡淡报以一笑，便和导演分析人物了。

那一天针遥都晕晕乎乎的，是太阳太大还是男演员的眼神很迷人？针遥机械地去演戏，机械地顺着导演的意思走位，直到一次次被导演骂她不走心……

但很快，针遥懂得了自己和那个男明星的距离。

那天晚上，一天的戏拍完了。男明星上了自己的车，有专人将他送到了横店最好的宾馆。而针遥呢，坐在面包车里和一堆小演员一起往剧组宾馆赶，面包车里拥挤不堪。

那晚的星星特别亮，片场离横店有一段路，已经是深夜一点多了，车厢里的人歪歪倒倒地睡着了，车厢内很安静。

针遥没有睡，她靠在车窗上，看窗外墨黑的天空，闪烁的星星，以及一片已经收割了水稻的空荡荡的稻田，远远的有树稀稀落落地种植在田野里，一切都好安静，安静到让她能够审视到自己的内心。

他应该已经在高档轿车里睡着了吧，今天他很疲倦，戏份重。

他的助理应该早已经将他喜欢喝的牛奶热了，递到他的手里，可能没有喝完就已经进入梦乡了。等到了宾馆，助理便会叫醒他，去房间洗个暖暖的热水澡，睡在松软的床上。

而自己呢……喜欢的男神离自己这么近，却又有那么远的距离。

针遥黯然……

以前只以为男神生活在另一个世界，仿佛和自己没有交集，如今有交集又怎么样，依然生活在另一个世界。

那你还喜欢他吗？那天晚上，在夜宵摊上，我小心翼翼地问。

当然，为什么不喜欢他呢？他那么美好。针遥笑了，我黯然的是我的身份，和他又有什么关系？我会一直喜欢他的。

那你会告诉他吗？我问。

针遥摇了摇头，除非有一天，我真的有资格走进属于他们的那个领域，能够和他站在同一个台阶上说话，我才会告诉他。

爱一个人和崇拜一个人不一样。

爱是需要用平等的目光去看对方的。

如今针遥应该可以对那个男明星说“我爱你”了。她可以大胆地说出来，或许那个男明星还觉得受宠若惊，因为他们的位置持平了。但我想，针遥是不会说的，这就是娱乐圈的生存法则吧。

就像她不肯记得我一样。

我并不怨她，每一只萤火虫努力地让自己发光，都是为了照亮自己的人生，在自己的世界里活得绚烂多彩，针遥在努力地让自己发光，包括她的事业和她的爱情，至于其他人，也许只是她生命中的过客而已。

匆匆那年，我们曾短暂地相处过一段时间。我有我的人生，我是我的萤火虫，我发着光，同样为了照亮自己。

期待有一天，我们提着自己的小灯笼，偶然走在同一块田野里，微微一笑，哦，原来你也在这里。

少年从不等风来

有一段时间，我们被“等风来”这个定义所迷惑。

同名电影里，男女主人翁去玩滑翔，一切准备好，只等风来，开始飞翔。男女主角坐在一丝风也没有的山巅，俯瞰四周的一片葱茏。他们用行动告诉我们，准备好一切，等候风的来临，然后舒展自己的身体，跟着风飞起来。一切都是那么自然，一切都水到渠成。

万事俱备，只欠东风。

我们只需要安安静静地等待。

永凯在咖啡厅里，郑重地告诉我，他很喜欢一句话叫“少年从不等风来”。

既然你准备好了一切，为什么还要去等风来，没有风，又有什么关系，奔跑起来，就会有风啊。跑得越快，你会听到耳边的风呼呼地刮过，风声几乎可以盖过一切声音，包括你心底的迷茫。

我问他，你曾经站在风口上吗？享受被风吹起来的惬意与酣畅。

永凯摇了摇头，我没有那么幸运，有人说，站在风口上，谁都可以飞起来。我没有那么幸运，从来没有遇到过所谓的风口。

他说完，又补充道，我觉得需要风的是风筝、纸片儿、塑料袋，是没有生命的东西，如果你自己能扇动翅膀，你要不着边际的风干什么？

这样的人生哲学一直支撑着他努力往前奔跑着，我不知道他的耳边是风声还是什么其他的声音，或者是干扰，或者是鼓励，但是我知道他一直不遗余力地奔跑，即使没有飞翔，他也已经超越了身边人，在这条路上走得越来越远，接近自己的理想。

我写过很多青年演员的故事，他们在自己的行程中跋涉，等待机会，寻找属于自己的一片天地。按理说，我是不该再继续写演员的故事，防止雷同。不该有演员的故事让我动容，因为已经有了免疫力。

永凯的故事没有大的起伏，但那份执着，自己创造属于自己的风，挥动翅膀冲到天空去，这一切都让我不得不动容。

他的家庭是很传统的教育世家，十八岁之前，对于表演专业，听起来和他的世界相隔很遥远，那个时候，可能想都没有想过。

起初，他读的是英语专业，和表演八竿子打不着。可是有一份爱真的非常深沉，深埋在心底，连自己都无法知道有多么强烈。

爱一个人如此，爱一份事业更是如此。

大学毕业以后，那一份爱的炙热，让埋藏的种子发芽了，从心底的最深处探出头来，就再也回不去了。

眼前豁然打开一扇门，永凯说，不管那扇门后面藏着什么，他都要走进去，心底的召唤是强大有力的，足以摧毁一切。

我要去学表演，永凯说出这句话的时候，毫无悬念地会遭到周围大多数人反对。

幸运的是，妈妈支持了他。妈妈说，儿子，如果你真的想去试试，那就去试试，人生就是一个尝试的过程，何必委屈自己？将一个期望尝试的东西一直深埋在心底，这是非常憋屈，也是非常遗憾的。

他因此赴京，开始在某知名大学学习表演。

他说，自己是在享受。当一个人开始走进自己喜欢的世界里，那种如鱼得水的感受让他非常轻松和惬意。

很美妙的过程，永凯在艺术的世界里迈出了第一步。

一年过去了，他开始在某些电视剧、电影里出现，有时候会接拍一些广告。他会和朋友一起去剧组宾馆，一个一个剧组递交简历等待机会。良好的家庭教养让他永远文质彬彬，永远有礼貌，即使对方态度恶劣，他也不忘记说一声谢谢。

他的言语让人很舒服，一双眼睛清澈透亮，让人不忍伤害，也不忍去打击。相由心生，这个人就是这样的吧。

永凯说，这些年走过来，自己一直都是快乐的。

我问他，你没有觉得苦过吗？没有觉得艰难过吗？

他淡然一笑，这个世界上，如果你想在某一件事情上做一点成绩出来，怎么可能轻松？总是要经历重重考验的吧。

九九八十一难，百炼成钢，世界上哪一种努力不是千疮百孔的，哪一种成功不是在千疮百孔之后，慢慢弥补而焕然一新的？

既然是自己喜欢的东西，为什么会觉得这些是磨难？

这一切，都是上天的恩赐，是一种磨砺，一种快乐。

一块煤炭，它需要燃烧的快乐。一块冰，它会感悟融化的开心。

这一切对于我来说实在是不可多得的收获。

永凯说，这个行业来得最多的便是冷嘲热讽。

曾经有人在剧组现场，对永凯说，你不适合做这个，你还是赶紧别干了，别在这儿丢人现眼了，你最终的坚持只会成为别人的笑柄。

他当然会生气，会伤痛，为什么会有人这样说自己。他也会觉得不公平，又不是要吃你家的饭，你凭什么给我脸色看？

可是从小就不喜欢流泪的他并没有因此而感到沮丧。

既然别人说了，那就自己找找自身的原因。

他说自己是一个很拧巴的人，既然你说我不行，那我就要行给你看看。既然你说我表演方面不专业，那我就要做到专业给你看看。

这种感觉成为一种动力，直到有一天他被导演认可了。

我问他，你恨那个人吗？

永凯淡淡一笑说，那个人后来也和自己打过招呼。为什么要在意他，他在你的生命当中难道真的那么重要吗？你在意过和你擦肩而过的人吗？这些人跟你不会产生更多的交集，你不需要把精力花在他们的身上。

我们需要的是一步一步将自己完善起来，这才是最需要做的。

所有刚刚成为演员的人都有过一些生计问题，他也不例外。

自己是一个成年人，总不能老开口问家里要钱，但表演这个行当自己又是舍不得放手了，怎么办？

这是一个摆在他面前最迫在眉睫要解决的问题。

永凯选择了进剧组担任副导演，这是一份非常繁杂的工作，他却很开心。

他说，至少我离我的表演事业很近，我可以看着别人表演，我觉得这也是在学习，而且还是在积累人脉和经验，不是吗？

一件事情都是有两面性的，看你用什么样的角度解读。

他找到了对于自己而言最开心的解读方式，他也用这样的方式继续奔跑着。奔跑起来，你才会听到耳边的风声，你才不需要等风来。

从第一部戏到第三部戏，永凯像走马观灯似的在剧组里担任着职务。他的好人缘救了他，他发现自己一直都有活儿做，一部戏刚完，就有下一部戏的制片人来找他。

拍完三部戏之后，他意识到，自己不能再这样做下去了。

为什么？

他说，很简单，我一直在奔跑，已经听不到心灵的呼唤声，耳边只有“呼呼”的风声，我发现离表演越来越远了，我觉得心慌，最初我为什么会放弃英语专业来学习表演，我的目的是什么？如果我的目的是当一名演员的话，那么现在我一直在做副导演，这是怎么一回事儿？现在口袋里已经有一笔生活经费了，我需要考虑的不是生活下去的问题。

永凯说，脱离一个圈子太久，想回来其实挺难的。因为做一件事的气场是需要一段时间来慢慢锤炼的，这种气场是看不见，却真实存在的，他会让你在某一件事情里做得妥帖协调。

所以回来，不单单是因为别人忘记你的身份，而且自己也会增添一份不自信。

还好，他回来了。

他开始演话剧，开始演广告，开始寻找一切可以演戏的机会。

这半年多来，他几乎是马不停蹄。就在这个时候，他又做了一件让我意想不到的选择。

他选择了读书。

他选择中国传媒大学的播音主持专业学习，他放下了一切工作，准备进行一次全方位台词能力的训练。

很多人说，演员三分靠演戏，七分靠人脉和关系。为什么又要放手，为什么不去积累人脉，不去寻找机会呢？这跟你当时放手表演去做制片和副导演有什么区别呢？

何况人们常说，工作是最好的老师，台词可以在表演的过程中，慢慢加强啊。

何必呢？

永凯摇了摇头，他说，这一次暂时放下表演和曾经的那次为了挣钱放手表演是两码事。这一次是为了充电。

在工作中学习是非常好的，也是必需的，但是现在选择的这种系统学习是让我受益终身的。

有人说过我的台词不好，我的普通话不是那么标准。这一点我也知道，我觉得这是我表演的一个障碍，我需要去克服它，需要将它做好。

有一句很古老的话叫：磨刀不误砍柴工。

我需要去磨一磨这把刀了。

我问他，你想红吗？

他说，当然，任何一个演员都希望自己成为一个家喻户晓的明星吧，这也是我的目标，但是首先得做好一名演员，只有做好了演员，才有机会红，是不是？

我说，你会红的。

他淡然一笑说，自己的老师曾经说过，做演员，不红是正常，红了，那是运气，是老天爷额外赏你的。如果一辈子就这么平淡地演角色，我也不会觉得有什么遗憾。我已经获得属于自己的风了，我已经在走我自己想走的路了。我为它付出，为它努力，为它放弃了曾经很稳定的前途，为它承受别人的冷嘲热讽，但是我真的在朝那个方向走着。

这个是最重要的，少年从不等风来，我做到了，我也会继续做下去的。

其实电影里男女主角能不能等到风，真的没有那么重要了。

重要的是他们为了这次滑翔努力过、付出过，不是吗？

试一试又有什么关系

有很多事情，一说出来，别人便会觉得是天方夜谭，异想天开。

怎么可能？

凭你的能力，这种事情是不可能做成的。

这叫好高骛远，懂吗？

或许有人会这样去教育你，质疑你，苦口婆心地劝导你。

别人对你的质疑，倒是无足轻重，而你自己呢？你也是这样认为吗？

事实上，你去试一试又有什么关系呢？

试一试，即使失败了，又能失去什么呢？

试一试，万一梦想实现了呢？

好久没见的阿住约我在路口的咖啡店见面。

他在海南，我在北京，电话、微信联系倒是很平常，但见上一面，似乎没那么容易。如果只是单纯来北京玩乐，别人可能会觉得很意外，但发生在阿住身上，我觉得是再平常不过的事情了。

别说是来玩，他为了一顿正宗的北京烤鸭，都有可能不远千里飞过来，不是因为他有钱任性，而是他一直认为人生没有什么事情在条件允许范围内是不应该做的，只要自己觉得值得，那就赶紧去做，别废话。做了至少会少一份遗憾，人生就是一个缺失的艺术，既然能少一份遗憾，不做？你傻啊。

每一次，这个家伙都会给我一些不一样的感受，跟孙悟空七十二变似的，一直都在变化，变化，变化。

这一次又会怎样？感觉如同去见明星，总是留有一份期待。

我走进咖啡店，看到阿住在窗口的桌位上跟我打招呼，嗨，小刀，又见面了。

阿住黑了，显得精神了，一双眼睛依然神采奕奕，好似雷达，时时都“噼里啪啦”地搜寻一通。说话如同连珠炮，整个五官都非常有潜台词与活力，这是一个浑身都是戏的活生生的人。

知道我这次为什么来北京吗？他说。

为什么？我丝毫不动脑子，把问题又一次推回去。

一看你就没把这个问题过脑子。他不满。

可是我什么时候过过脑子呢？

这次我是制作人，参加电影节的，我有片子参评了。他说得漫不经心，好似在说，我又想吃街口的炸猪排了。

你是制作人？我的天啊。我差点就要膜拜他，这个男人到底身上有何灵丹妙药，一直让自己活力四射，一直在拓宽自己的视野。电影制作人，还参加了电影节……在此之前我可从来没有听说过，他有一天和电影搭上关系。

哥们儿，我下一步想做一部电视剧，所以我想到我们可能会合作。

因此，我被他从脑海里翻了出来，开始筹备下一个计划。

我记得李冰冰说过，邓文迪有一次深夜突然给她打电话，说，自己有一部新戏，希望冰冰能够参演。李冰冰问，我考虑一下吧。邓文迪说，不行，你一定要答应我，只有你才是最适合这个角色的人选。告诉我，你现在在哪儿，我马上去找你谈。

第二天，邓文迪便从美国赶到了上海的片场，出现在了李冰冰所在的宾馆里。

李冰冰说，这样的人让她觉得充满活力，让她感受到一种诚意，也让她有足够的信心认为对方做一件事情会成功。

阿住就是这样的人。

我第一次见到他，那时候我在某媒体担任策划，寻找 85 后的创业者，阿住就那样从人群里跳出来，成了我们策划活动的一个受访人。他自己打电话，自我推荐说自己就是一个 85 后的创业小青年，但他有很强很强的愿景和梦想。

说到我觉得不采访他，这个栏目简直都没必要办下去了。

那时候，他和一个朋友做了一家服装店，将广州的新款衣服运过来，然后销售出去，从中赚取差价。他的朋友是一名模特，对服装有非常强的鉴赏力，两人一拍即合。

还在上大学的他们将那家小店经营得红红火火。

阿住形象阳光，喜欢笑。他跟我说，喜欢笑的人一般运气不会太差，这句话是他的母亲告诉他的，所以一直以来他话还没说出口，便冲着你笑，伸手不打笑脸人，我们很愉快地度过了整个采访流程。

那一期的策划报道非常成功。

阿住私下告诉我，他还是一名婚庆司仪，除此之外还做过酒吧的驻唱歌手，这个还不算，还创办过校内话剧社，还进行过一些商演。

这是要干吗？你活得有点着急吧。我震惊于他的精力和阅历。

他笑了，这有啥，试一试又有什么关系，试一试，即使不成功，又不会损失什么。

试一试又有什么关系？

这句话似乎成了阿住的座右铭。

几个月后的一天，阿住告诉我，自己已经进了省广播台，开始做一名主持。

阿住告诉我这些时，我正在写稿，写得热火朝天。他“啪”地发过来一个链接，说，今天傍晚6点，准时听我的节目。

南方的城市，冬日的傍晚，窗外一片萧条，我隔着玻璃窗，看着上班族们低头，裹紧大衣，如鼠窜一般往家里赶去。我抱着一杯咖啡，懒懒地将耳机塞到耳朵里，循着网络去听阿住的节目。

那个节目专为开车回家一族打造的，幽默而风趣。

阿住百炼成钢，我几乎不敢相信，那个机智风趣清新且可爱的声音就是他的，游刃有余地从电台里传了出来，这是我第一次感受到阿住声音的魅力，这种声音可以迅速地抓住你的耳朵，穿透你的心脏，填补内心的一种空白。

结尾的时候，阿住不忘给我送了一首歌，他说，今天有个哥哥也在听我的节目，所以我特意将这首歌送给他，愿他在这个城市里开开心心。

听着这话，我将手里的一杯热可可一饮而尽，继续我手里要写的作品。

等节目结束了，我给阿住打电话：迅速给我过来，我在街头的星巴克等你，看看你究竟变得如何三头六臂。

那天晚上我们吃的是那个城市特有的青木瓜炖脆皖鱼，味道让人赞不绝口。阿住喝了一点酒，跟我说了很多话。他说，其实有时候自己也不知道为什么那样喜欢奔跑，根本停不下来，很早的时候，他便对时间仓促有了很深的体会，只有不停地去做事儿，才能填满内心的惶恐感。他喜欢用惶恐和不确定这两个词，因为这两个词让人不会太闲适，不会太让人安稳，只有不闲适不安稳才能做出事情。

稳定下来，便是一个人拼搏的终结。他一直这样认为，姑且不说是与不是，但我终于懂得了他内心深处对拼搏的真实想法。

阿住依然没有停息，接下来的日子里，他和朋友开了小吃城，投资了一家四川鱼的火锅店。我就是在那个时候，北上去了京城。

不得不说，阿住影响了我。

我当时在一家媒体安安稳稳地当一名记者，眼看着年华老去，韶华无多，我非常渴望去完成一下自己的理想。可是这份记者的工作是那样稳定，那样让人有安全感，我如何舍得放弃？

天秤座的左右摇摆要了我的命，我每天都在纠结着，一旦发现寂寞无聊的时候，我会想我究竟要不要放弃这份工作。一旦发现这份工作还有些许乐趣时，我就会觉得留下来似乎也是一件美好的事情。

这个时候我突然想到了阿住的那句名言，试一试又有什么关系。

是啊，试一试又有什么关系呢？

还这么年轻，就是走错了，还有大把的时间回头走到自己要走的路上去。

最终在一个晨曦未醒的时间里，我乘坐飞机来到了北京。

我开始了我的尝试，在北京慢慢积累人脉，慢慢朝自己想要的方向走着。而阿住当然没有停止追逐。

不多时日，便听到他离开省电台的消息，开始成为一个专职的司仪，并且开通了自己的微信公众号，开发交友软件，与朋友一起进行视频制作。

他的路越走越宽。

我接到他每一通电话，都是一个独特的惊喜，意想不到，从来不敢想象的路都在他脚下铺展开来。

但阿住说，所有的人给别人看到的都是冰山一角。在水下面还有很大一块，是我自己消化的。

尝试当然有失败，这么多年，失败还少吗？

当然不少。

但是人来到这个世界上，究竟是为了什么？按部就班地上班，循规蹈矩地生活？当然这些也不是不好，都是非常好的选择。可是阿住说，他想把这几十年过得不一样。

我不想留下遗憾，我希望我的人生是最少遗憾的。

所以我选择了不安分，我选择了试一试。

阿住的电影在那个电影节中并没有获奖，但我觉得阿住并没有看重所谓结果，他要的是过程。人生的来来去去，难道过程不比结果更重要吗？过程难道不是你做这件事情的最终目的吗？享受过程便是享受一份真实的人生。

邓文迪邀请李冰冰的新闻众所周知。后来，有人问邓文迪，那如果冰冰不答应你的邀请你会觉得遗憾吗？

邓文迪说，我觉得我不去做，会更加遗憾的。

对，不去做会更加遗憾。

人生这么长，试一试又何妨？

我不是路人甲

我和小西约在公交站牌见。

冬日的寒风凌厉成了片肉刀，割得脸上生疼。

一辆公交车将小西甩了下来。身材修长，轻松而活泼地蹦跶着，一身粉红色薄外套，长发束成马尾，露出光洁的额头，清爽的脸。

穿这么少不冷吗？我问她。

怎么会不冷？我又不傻，但是穿多了，不是难看嘛。我是演员，随时要注意形象。小西笑着说，一双眼睛明亮灵动。

她没有说谎，说话的时候，整个人冻得轻微地颤抖，虽然她已经在竭力控制了。

我们去咖啡屋坐下，喝了一杯热水之后，渐渐地，小西缓了过来。

像你们科班出身，也需要这样随时等待着机会？我问，因为在我的猜测里，只有那种没有学历、跑龙套的人才需要每天蹲在某电影制片厂门口，等待机会。我知道小西的背景，著名影视学院毕业，造星的摇篮，很多大明星都是从那个学校走出来的。

小西笑了，你这么问，很像五年前的我……

小西毕业才一年。五年前，她正在努力备考，准备血战到底。

出生在条件优越的家庭，在我们还把上海外滩当旅行梦想的时候，她已经跟着家人在欧洲转了一大圈。衣食无忧的小西什么都不想要，唯一的愿望便是做一名演员。

我那时候一直想，如果有一天能考上某某影视学院，就能平步青云，一切都不用担心，大导演、鸿篇巨制都来找我，众星捧月。

为了这个明星梦，小西过得异常坚定和痛苦。

几乎训练班所有的人都比她的形体要好。老师看着直摇头，你这哪里是韧带，你这是牛皮筋啊。

小西不服气。每天去压腿，拉韧带，疼得声嘶力竭，还是拼了老命地让训练自己的老师加码。

清晨，天还没有亮，就在训练房里压腿。

小西记得，月光清冷地从窗户照了进来。瘦削的她，在月光下面，影子拉得好长好长，一直延伸到另一面墙壁上。

整个练功房里没有开灯，怕被人看见，被人嘲笑。

有那么一刻，她觉得自己很孤独，孤独到天和地之间只有她一个人。

练功房里灌满了夜的空气，像一个蔚蓝的游泳池，紧紧包裹着她。要么学会游泳，自己划出去，要么就在这练功房里溺毙吧，反正没有人来救自己。这是一份自己点的餐点，无论如何，含泪也要吃下去……

成功来之不易，往往身边人都会将其归纳为运气。只有当事人才会知道，这份运气是多少汗水换来的。

小西获得某某影视学院的录取通知书时，几乎所有人都不敢相信，当初进训练班的那个牛皮筋女孩竟然可以成为整个训练班唯一一个被某某影视学院录取的女孩。小西有一种报复性的快感。

她买了很多糖果，挨家挨户地送给那些曾经鄙视过自己的人。

阿姨，我考取了，这是我的喜糖……

叔叔，你家小花没被录取呀，哎哟，没有关系，明年再来……

看着别人嫉妒又被堵得严严实实的嘴脸，小西获得了很大的满足。

大学四年的经历让小西从一个刚入门跌跌撞撞的文艺爱好者变成了专业演员。然而她期待的一切并没有到来。

她依然需要去横店做一个横漂，去北京电影制片厂门口等待机会，仿佛一切都没有变化。

其实是有的。小西指了指自己的脑袋，这里的东西不一样了。有些变化是看不见摸不着的，但就是有了变化。

大学毕业之后，小西独自在北京待了半年。

会有同学介绍活儿干吗？会有剧组通过学校找到自己吗？小西每天静候消息，然而始终没有接到一个有实质性意义的电话，来的电话大多是死党约饭，逛街……

大家都一样，没有戏拍，嘻嘻哈哈过日子，直把杭州作汴州。好不容易有一个剧组通知试镜，试完了，也就完了。

她学着和同学一起去了北京大望路某家剧组宾馆，一个房间一个房间地敲门，一个房间一个房间地递简历……

投简历一周以后，她接到了剧组的面试通知。

机会没有给你，那是机会的不是。机会给你你没有抓住，那就是你的不是了。

一切听学姐的，从头到脚收拾。

你怎么能穿这么多？你有那么冷吗？羽绒服、棉袄这些埋汰身材的衣服从此以后和你无缘了，换上短的、薄的、收腰的、明亮色彩的……

什么？冷？你要角色还是要温度？

要角色，对吗？那就冷着吧。

你怎么能吃那么多？你是猪吗？猪比你吃得都少吧，你是大象、恐龙吗？牛排？薯饼？油炸的，天啊，你不想活了吗？

从此以后，水煮青菜。吃一顿香菇青菜就算是加餐了，好吗？

学姐，你是想把我喂成兔子吗？小西欲哭无泪，但都照做了。

姜永远都是老的辣，哪怕学姐这块姜也比自己老不了多少，做演员，多么怕老这个词啊。特别是女演员，老一天都是罪恶。

面试真的过了。学姐威武！

她兴奋得快要疯掉，问及制片，剧本呢？我想先拿回去好好研究一番。

制片冷笑道，你还要剧本，总共就两场戏，要啥剧本？你要自行车吗？

两场戏？不会吧。小西不敢相信自己的耳朵。

制片不屑，你还要怎样？两场戏不错啦。你还要上天吗？给你买个窜天猴怎么样？转身不再搭理她。她拿着一页纸的剧本，在寒风里冻得瑟瑟发抖。

这是北京啊，11 月份的天，风是在片肉涮火锅。

小西有些失落，回到住处，学姐恭喜她。有啥好恭喜的，两场戏的打酱油。

打酱油就不错了，你还有六句台词呢。姐当年连台词都没有，你还想怎么样？还想上天……

又是上天！！！

是，她小西以前就活在天上，衣食无忧，现在是被打回陆地了，还是脸着地的，否则怎么会如此灰头土脸的。

话是这么说，组还是要进的，横店还是要去的。

小西说，那天在火车硬座车厢里，她真的很失落，周遭都是人，有一些无座的人就站在走道里。窗户紧闭，空气里弥漫着说不清的味道，馊了一样。有人说话，嘈杂而混乱。有一种不真实的感觉，小西恍若梦中，从来没有如此狼狈过。

她的家境很好，为什么要遭这样的罪？为了梦想，梦想在哪里？

以前哪怕再艰难，总觉得前方有一个画面等着自己，可眼前这个画风不对啊。说好的女一号呢？说好的包车车厢、飞机头等舱呢？说好的房车保姆呢？

当年好好和命运签了合同，如今命运你跟我毁约，有你这么干的吗？

小西浑浑噩噩地来到了杭州，在杭州上了剧组的面包车，往横店赶。

双足踏上横店时，一下子冻回到现实。南方的湿冷简直能把人冻成狗，何况还穿着耀眼的春装。

她可能是一只打理得很不错的贵宾，冻得说不出话来。

想流泪吗？嗯，流吧，反正流出来也会冻成冰碴子，没有人会疼惜你的柔弱。

小西说，她还是挺感谢这个戏的，六句台词又怎么样，没有小角色，只有小演员。小西在现场仔细揣摩，没有自己的戏，也跟着去看，去学。这是她的第一个戏，至少她跨出这一步了。

只是，在剧组还得谨言慎行。小西在这方面还栽了个跟头。

一日，她想换个口味，不想吃剧组的盒饭，可是一身戏服，哪儿有兜去装钱？

于是找另外一名小有名气的学姐借了二十元，准备去开荤。

在横店的小镇上吃了一碗肉丝炒面，分外满足，回到剧组，却发现全组的人都知道她借了学姐的钱。学姐说，这不是借给她的，二十块钱，问别人借还不就是跟别人要，看她可怜，就施舍给她二十元，所有的龙套演员都是不容易啊，大家出门在外，总要帮帮后辈嘛。

她无言以对，对方好像处处为自己着想。

那一刻，她真想拿 200 块钱砸那位学姐的脸上，然而终究是没做。

听说周迅就是因为一份挂历让陈凯歌发现的，随后又因为一句没有台词的小角色让李少红发现，最终成了大明星。赵薇也是在《画魂》里面演了没有一句台词的角色，被导演发掘到了灵气，从此星途闪耀。

小西没有那么幸运，她并没有因为那六句台词而被名导相中。从横店回来，她获得了人生当中第一份工资，三千块钱，这在以前还不够她买一个包包。她顺手就在杭州给自己买了一个包包，钱不够，还贴了父亲给她的零花钱一千三百大洋，然后买了飞机的头等舱，一路风风光光回到了北京。

不过，这又如何，依然要穿得少，依然得去酒店找剧组递简历、面试，然后上戏，等待不到十句台词的小角色。

小西说，有一部电影叫《我是路人甲》，说的就是跑龙套的演员。

小西觉得这是一个心态的问题，她从来不认为自己是路人甲，她有良好的家庭背景，并不缺钱，她有的是梦想，曾经考学，不像有些大明星，陪朋友去考个试，最后自己阴差阳错上了。

她好像从来没有那么幸运过。

大学毕业之后，一切并没有自己想象得那样平坦，她依然需要四处找活，寻找着机会，吃苦受累，然而她并不是路人甲，在她的世界里，她就是自己的女王，是她故事里的主角。

如果真的有一天拍一部戏叫《小西传》，从第一集里我就是这个戏的主角，哪怕在别人眼里，我什么都不是，那又如何，我是自己的主角，我散发属于我的光芒，我自己引以为傲。

小西告诉我，就在当天上午，她又接到一个戏，她数了一下，这次有三十多句台词。小西一面吃着那盘简餐，一面告诉我好消息。

不过，我估计她不敢吃完那点豆芽，就这，对她而言，已经算是超量饮食了……

矫情一点有什么不对

在电视里再度看到陈慧娴，掐指一算，帽子公主今年已经51岁了。

依然爽朗毫无掩饰地大笑，一点也不淑女，却很青春，岁月流逝多年，她却还是那个唱《飘雪》《花店》《逝去的诺言》的小女生，甜美动人。

可能现在喜欢小鲜肉的年轻人已经不知道陈慧娴是何方神圣了。但是在20世纪90年代初的香港乐坛，陈慧娴绝对是超一线歌后，不亚于如今的王菲、李宇春等狠角色。陈慧娴累计唱片销量达1000万张，创当时的销量之最。张学友在事业最低迷期，陈慧娴拉他一把，同他合唱《爱和承诺》，张学友便一举摆脱瓶颈期，事业扶摇直上。

从古到今似乎都有一个规律，一般事业成功的女性，爱情都让人唏嘘，让自己失落。陈慧娴也不例外。20岁时，陈慧娴认识了音乐制作人欧丁玉，因为音乐，他们有了共同的话题，因为共同的话题，彼此交心热恋。

欧丁玉对陈慧娴的事业不遗余力，成功地将陈慧娴推到了香港乐坛一线歌手的位置，陈慧娴也进入了她的事业巅峰期。

在很多人眼里，这一对应该是郎才女貌，琴瑟和鸣。

然而就在这个时候，两人的意见产生了分歧。陈慧娴要圆自己的留学梦，而欧丁玉却要稳定的家庭生活，两人最终还是撒开彼此的手，背道而驰。

从音乐中，可以看到陈慧娴对这段感情的眷念，她演唱了《孤单背影》《红茶馆》《归来吧》等一系列的经典歌曲，而这些歌曲中淡淡的惆怅与别离愁绪让人可以从中窥视出一些些内心的悸动与难舍。

但不管怎么说，陈慧娴还是放手了。

1994年，陈慧娴与美术设计师张卓文恋爱，这段感情最终也是无疾而终，陈慧娴坚持了八年，还是因为彼此的性格实在难以磨合，而选择了分手。

随后几段爱情，在她的生命里，如同昙花一现，草草了事。

但是这些似乎并没有影响到她的情绪，她依然每年都在开着演唱会，和歌迷互动，依然可爱而单纯。

网上流传这样一段对陈慧娴爱情观的评价：一只狗熊走进了玉米地，它掰到一只又大又饱满的玉米棒，很开心，但是朝前走的时候，又发现了另外一只更大的，所以它丢掉了前面那只玉米棒，如此周而复始，等到它走出来的时候，发现自己忽视了太多的玉米棒，失去了太多曾经属于自己的美好。

他说，陈慧娴如同这只狗熊，在爱情里不知足。

说得似乎很对，可是爱情难道必须要知足吗？爱情不是应该追求完美的吗？

前段时间特别流行的一个故事，一个女孩说自己的爸爸总是在妈妈种的兰花里弹烟灰，让妈妈很是苦恼，妈妈是一个爱兰花如命的诗意女人。诚然父亲是非常好的父亲，帅气，挣钱多，脾气好，对父母孝顺，然而妈妈最终还是和他离婚了。一开始女孩不能理解，很多人也说妈妈矫情。但当有一天，女孩看到妈妈和继父坐在一起，喝着茶，谈论着诗词歌赋时，妈妈一脸的幸福，女孩一下子什么都懂了。

爱情真的是这样，不要说爱情矫情，两个人在一起是过一辈子的啊，矫情一点有什么不对？更不要说陈慧娴是那只狗熊，如果真的有一个人在中途出现，满足她所有的期望，她难道会放手吗？她又不傻。就像那只狗熊，如果在玉米地里看到一只沾满蜂蜜（狗熊最爱吃蜂蜜）的玉米，它会还去等待吗？

爱情是脚上的鞋子，舒服不舒服，只有自己知道。

有一次，铁凝和杨绛聊天，那时候铁凝还没有结婚。杨绛说，你不要去找那个男人，你要去等，有一天那个人一定会出现在你的面前。

如今铁凝等到了。

我想陈慧娴真正的爱情也在前方吧。

他不知道它从哪里来

当白猫凝神注视着那缸金鱼时，男人放下手里正在阅读的杂志，歪着头看着它，目光里带着一点不信任。白猫将目光从金鱼身上移开了，与男人四目相对。

又想做坏事了？男人问。阳光穿过落地窗，照在男人身上，浅蓝色棉质衬衫折射出柔和的光泽，男人的面部棱角分明，目光温柔。白猫觉得男人很漂亮，但此刻眉头微蹙，对它似乎不放心。白猫娇俏地叫了一声，那意思是，不，我没有那么想过。但男人却理解错了，男人以为白猫是有些不好意思，被他猜穿了心思。

白猫已不再年轻，说是白猫，其实毛发已经沾上了淡淡的灰，却又不纯粹，像是很久没有洗过一样。岁月像一个并不高明的画师，在它的身上涂上了一层晦涩的灰。

白猫打了一个哈欠。

男人想，它是饿了。因为饿了，才对金鱼缸里的那尾鱼感兴趣。他不信任它，哪个猫儿不偷腥，他很担心他的鱼。于是，男人将鱼移了一个位置，放得高高的。

白猫老了，它没有办法像从前那样跳得很高，去够那个金鱼缸。白猫眯着眼，看着那尾金鱼。因为刚才的移动，金鱼有些慌乱，在水中摇摆着身躯。真漂亮，那透迤的长裙，像一朵盛开的罂粟，迷惑而脆弱。

白猫觉得自己是一个人。是的，一只猫在人的环境中待久了之后，就会忘记了自己的本体。它是依附于男人的。它几乎忘记了曾经自己在巷子里，在酸臭熏天的垃圾里，寻找那些令它果腹的食物。

那时候，觉得真是美味啊。

那条巷子是一家酒店的后门，运气好，它会翻到一条完整的鱼，或者其他的东西。它记得为了争夺那条巷子，和其他猫相互厮杀。

为了食物，任何一只猫都分外眼红，只杀得天昏地暗。它的一只耳朵就是在那时被咬伤了，留下了一个永恒的缺口。直到那些猫战败逃离，它再也坚持不住，趴倒在地上。

那是傍晚，下着雨，地面潮湿寒冷。它的毛发全部粘连在了身上，几乎睁不开眼睛，它很疲倦。血顺着雨水洇开在地上。它全身如同散了架。

就那么躺着吧，永远躺着吧，不用再起来了。

或许明天早晨，酒店的跑堂就会看到它的尸体，扔在垃圾堆里。或许有小型的车辆经过，轧在它身上，骨碎肉裂，久了，便在地上化成一摊肉泥。不过，那又怎样，反正自己已经不知道了。

男人就是在这个时候出现了。它似乎听到了男人皮鞋踏过路面的声音，它抬头看着男人远远走过来，好高大。它祈求地叫了一声，它以为叫的声音很大，事实上，声音很微弱，小得可怜，让男人不自禁地蹲了下来。

此刻，它再也叫不出声音了，只是眯着眼，看着男人温暖的目光。

它不奢求对方能带它走，这样的结果离它太遥远了。它只是觉得在这个时候，他能看到它是自己的幸运。它觉得自己即将要死了，是的，要死了，在最后一刻，还能看到一缕温暖的目光，这就是幸运了……

它疲倦地闭上了眼睛。

就在这个时候，它的身体离地而起。它费力睁开眼，男人抱起了自己。它的身体熨贴在他柔软的大衣上，好舒服，他真的要带自己走吗？会不会弄脏他的衣服？它这样想着，心里充满了感激……

从那一刻起，它开始渐渐忘记自己是一只猫，它渴望自己是一个人，那样它就可以更加懂得男人的世界。有时候，它甚至以为自己是一个人。

它来到他的家里，每天干干净净地睡在温暖的小被窝里，吃着上好的猫粮。这样平静地过了十年，渐渐地老了，它通身的白毛黯淡下去，渐渐变灰，如同它那双曾如琉璃一般的眼睛，如今已经蒙尘，不再明亮。它几乎不太能看清眼前的世界，唯一看清楚的是男人那双温柔的眼睛。

但它知道男人不信任它，一直不太信任它。这个其实要怪它自己，比如它曾经刮花了客厅的沙发，比如它曾经翻过家里的垃圾桶，弄得厨房凌乱不堪。但男人似乎一直包容着它，举着扫帚好似要打它，最后却停在了空中。

可是，这些就够了吗？当然不够，十多年的时间，它觉得自己已经是他的家人，他需要那种信任。它随着不断的老去变得乖巧。它的生命太短，需要用一生去适应。

男人有了一个女朋友，很漂亮。

它看得出来，他们是相爱的，他们甚至开始规划着未来。比如在哪儿摆酒席，发帖请哪些人来参加他们的婚宴，在哪儿买房，房子怎么装修，要留一个儿童房，房间的墙壁涂上天蓝色。要生一个孩子……

对，要生一个孩子。说到这里，女人看了看它，用指甲穿透它的毛发，划过它脆弱的皮肤，像一把小刀，划得它生疼。它忍受着，因为忍受而颤抖着。它不想因为自己的痛楚而破坏眼前的平静。她问，如果有孩子，到时候这只猫送哪儿去？他笑了，还早呢，到时候再说。怎么，你不喜欢它？他反问她。女孩也笑了，怎么会？

她随手从杂志上撕下一页来逗弄它。它实在太老了，根本不想动，附和了几下，就再也没力气了。

看，它不理会我？女孩有些不高兴。

男人爱抚地摩挲着它的脊背，说，它只是想睡了……

女人回来的时候，天已经黑了。男人在厨房里做饭，朝外面喊，回来啦？看会儿电视，还剩下最后一个菜，马上就开饭。男人走出厨房，手里拿着锅铲，系着围裙，要拥抱女人。鼻尖似乎碰到了女人的面颊，女人“咯咯”地笑，躲开了，瞧你，一身的油烟。男人做了一个鬼脸，回到厨房。

女人有洁癖，拿了湿巾去擦自己的脸，又去洗了洗手，打开电视，换了几个台。她有些不耐烦，白猫靠在茶几旁打盹儿，就在这个时候，女人看到了它。

白猫没有理会，太困了，它只想睡觉。等睡醒了，男人会给它的食盆里填上香甜的猫粮。意识有点涣散，它听到耳边杂乱的声音，有电视的，有炒菜的……

突然，“哐”一声响，白猫惊醒了。它站在那里，有片刻，头脑一片空白，随后，它发现了那只金鱼缸，摆得高高的金鱼缸，碎了，水流了一地。

女人站在一边。

那条鱼在地上“扑腾”着。白猫奔了过去，用爪子拨拉着鱼，该怎么办？该怎么办……这是男人最爱的一条鱼啊。它情不自禁地喊了一声。几乎同时，男人从厨房走了出来。

女人一脚踢开它，将金鱼握在手里，声音尖利，是它，是那只该死的猫。

女人拿出了一只碗，草草装了水，将金鱼放了进去，然而鱼已经翻着肚子，嘴巴张合着，是救不过来了。

它看着男人，你信任我吗？信任我吧。十多年的时间，你应该相信这不是我干的。它缓缓走过去。然而男人却面目狰狞，操起一边的鞋子砸向它。

是那样疼，它几乎要晕厥，然而它却没有叫，只是看着他，那样看着他，缓缓趴在了地上。它没有力气了，只能这样趴着。它像第一次看到他的时候那样看着他，昂着头，他是那样高大，高大到可以顶住一切东西……

它看了一眼女人，女人正狡黠地看着它，她在等着它的死亡。

它的眼神虽然迷糊，但那一刻，它其实看见了，鱼缸是她推倒的，只为将它清除出去。可是，它却没法跟男人说……

那一晚，白猫死了，它的毛色是那样灰，让人分辨不出是灰猫还是白猫，不，也许它本来就是一只灰猫。

它从来没有离开过那个巷子，是的，从来没有离开。

会说话才不孤单

在人多的时候，我总缄默不言。

倒不是真的不想说话，而是无从说起，别人谈天说地，论古言今。自己总觉得胸无点墨，如何出口成章？

舌头由不得自己，还没有说出话来，就已经打了结，喉咙生了锈，便只能微微一笑，听他人的高谈阔论。

黄蓉遇到郭靖，两人琴瑟和鸣。只是一旦遇到争论，郭靖没了言语，不知道该怎么说话，只看着黄蓉口若悬河，灵动异常。

两人一同赶往一灯法师处为蓉儿治病，遇到渔樵耕读，黄蓉一一应对，那一次简直是黄蓉的脱口秀表演，只看得郭靖傻眼。连一灯大师都说，黄蓉如此聪慧，也只有黄老邪那样的父亲才能养出如此冰雪聪明的女儿。

但郭靖却并非说不得几句话，不能登大雅之堂。相反有时候，郭靖说话气势如虹，不是黄蓉可以比拟的。

如此木讷的人，是如何获得好的说话气场的？

襄阳城中，黄蓉只是劝郭靖回桃花岛。此时郭靖却一反常态地能说，句句让人无力反驳，国家大义只听得人血脉贲张，为国为民，侠之大者。

所以，一个人不见得一直都不能说，只要话题落在自己的点子上，便能够说得淋漓尽致。

再深入想想，和一个人的话语权非常有关。黄蓉的自信心从出生时便已经有了，自信心让她所向披靡，然而郭靖不同，他的木讷，他的笨拙，是身边人从小灌输给他的，他越是如此，越是不敢说，越是显得笨拙，互为因果，于是只能衬托黄蓉更加锦心绣口。

到了襄阳城时，郭靖已经经历了太多，他已经是一个准英雄，这个时候，他有自信，有话语权，加上他个人对民族的重视，于是说得神采飞扬，让人拍案叫绝。

《神雕侠侣》里，郭芙砍断了杨过的手臂。黄蓉见此情形，立马让自己的女儿赶紧离开，去桃花岛，而不是留下来，自己与郭靖辩解。因为她知道，以郭靖的脾性，是不能有愧于人的，这个时候，再好的口才也没有用处。

为了宝贝女儿的安全，还是即刻离开为妙。

黄蓉的聪明，审时度势，可见一斑。

其实有时候在人多的场合，也并不是话越多越好，有时候说得不得体，反而惹人发笑。

记得有一次和领导在同一饭桌上吃饭，不得不敬酒，躲也躲不了，这对于我，如坐针毡，但也无可奈何。见众人一个个去敬了酒，只得硬着头皮，端着酒杯，颤巍巍地去给领导敬酒。

说了几句话，吞吞吐吐，脸上便红了一半。

只是领导却上前安慰我，夸我年轻有为。

一时间说得我血脉贲张，不知死活地回敬他，老当益壮。

领导尴尬，很坦率地说，我才四十多岁，也不算老吧。一时间哄然大笑。

我愣在那里，傻了眼。

还是领导解了围，才将酒喝了下去，真是恨地无缝，逃也似的跑了回去。

后来到了北京，开始做出版和编剧的工作。

没有办法，必须去和人应酬接触，突然之间发现每一次作为出版人的时候，和作者聊天，我发现并没有什么障碍，说话的时候底气十足，头头是道。我不算是一个强势的出版人，所以作者的意见我能听得下来。我今天所得来的一切，正是因为我这么多年的写作一步一步取得了今天这样的平台，所以我和作者之间的沟通是简单的。

但是一到编剧的身份时，我发现我又一次变得不会说话了。

有一次，制作人请来各路大神和我一起讨论我的首版剧本大纲，感觉如同对我的一次审讯。我坐在那里，不敢说话，内心无比纠结地听着他们彼此之间矛盾重重的意见，为我笔下的人物即将要遭殃的结果感到伤心。

但是，怎么说？

拿了人的钱，你就要为别人做事情，你要坚持什么，你那么牛，为什么不上天呢？

是不是每个编剧都这样呢？后来我跟一个国内一线编剧合作时，发现并非如此，她强势多了，说到不改的地方坚定不移，不但自己不改，制作方也不允许改，改了，那就不要再合作了。斩钉截铁，我真的为这个老师叫好。

一路喜笑颜开地看这个编剧老师，力挽狂澜，舌战群儒，酣畅淋漓，佩服得五体投地。

感觉一下子编剧的地位提高了。

其实并非如此。

话语权决定你到底会不会说话，一个在某个领域里有话语权的人，他说的话，有人会正面地反驳吗？即使是反驳，也是旁敲侧击吧，如果直愣愣地去提，只能说这个人太耿直了，如果对了，那万事大吉，如果你提的不对呢？太有点螳臂当车自不量力了吧。

掌握了话语权，你还能不会说话？

你有足够的时间，足够的空间，足够的机会慢慢地说下去。

有时候卡了壳都没有关系，旁边的人会提示你，而且用最恰当的方式，不让你感到别扭。

你说得快，那是妙语连珠；你说得慢，那是说话谨慎；你说得多，那是引经据典；你说得少，那是你惜字如金。

一切都是你的好。

还是那位编剧老师，有一次提了一个非常棒的故事桥段，三个制作人抢着要和她签约，做一部新剧出来。然而那个故事桥段，我曾经也想过类似的，而且写成了故事，可是根本没有人搭理你。

这就是人生，这就是现实。

但是你不能去责怪这些制作人，说白了，这个世界没有人有耐心去听你推销自己，而一个知名的编剧，首先已经让他们觉得靠谱了，觉得可以继续谈下去。这是一个品牌的营销。如果这个时候，你觉得没有被重视，没有得到话语权，那努力提高自己吧，只有提高了自己，你才有真正的话语权，才真正地会说话。

宝哥哥和众人在一起，只是嬉闹着，花红柳绿。

每每见迎春时，却要么呆坐一旁看着《太上感应篇》，要么就钓鱼，或是喂着梁上鹦鹉。她不说话，只是一个木头美人儿。有一次众人喝了酒，在一旁说着话，而她却坐在一旁，静静地看着茉莉花，自得其乐。

别人的欢乐，我看着，也是欢乐。

然而木讷的我，却不愿意多说，只是怕扫了别人的兴。

或是让人看轻了，则更不好了。

所以迎春一直如此安安静静地做着壁花小姐。

同样说话笨拙的人，还有《神雕侠侣》里的小龙女，几乎不会说话，同样是美人儿，却在武林大会的时候，成为众人瞩目的焦点，说的话让所有人都能注意到。因为这个时候，龙姑娘已经完成了与自己的弟子杨过合力击败金轮法王的武林壮举。

这个时候，她当然有了话语权，比迎春的话语权强太多了。

所以如果你不会说话，那就不要说了。

话并不是越多越好，在无人的场合，你觉得自在，那便是你最舒服的时候。在某个知识领域里，你想发表意见，那就毫无保留地说出来，一切没有什么不可以，但不要没话找话，把自己逼入一个绝境。

站也不是，坐也不对，进也不妥，退也不当。

这样就不好了。

静静地坐在一旁，当一个背景，等适时再跳脱出来，这也未尝不是一件好事儿。如果真的觉得跳脱不出来，那么证明你的自我能力还不够，还要安静下来，提升自己。

等你成了“金仙”之后，你胡说八道也会成为别人的至理名言。

别人的世界你不懂，请你闭嘴别说话

我从来不参加同学会，倒不是说我不和同学联系。

我没那么高冷。

相反有很多同学，我和他们从来没有断过联系，十多年了，依然隔三岔五地问候聊天，关系特别亲密，有一些需要建议和意见的，我也会听听他们的想法，给他们打打电话。他们有需要商量的，也会想到我。这样的交流让人很温暖，似乎是生命里的一些依靠。

但是我特别反感同学会。

一到节假日，那些八百年没有再联系的同学没有缘由地聚在一起，好似亲密地聊一些无聊的话题，实质是在平静的状态下彼此的对决，暗自角逐。免不了全程戒备，正襟危坐。那种环境表面云淡风轻，水波不兴。内里风起云涌，波云谲诡。深入进去，你都会被这样的氛围吓得屁滚尿流。

同学的那段往事隔了十多年了，已经是云轩信笺上落的一滴泪珠，陈旧而模糊了。而现在的生活，对不起，我们真的不在同一个轨道里了。

大学毕业以后，我一直在外面打拼，像一只没有脚的飞鸟，一方面是没有办法不去飞翔，另一方面那是我的一个理想的生存方式。

其实一开始我可以不用选择这样的生活。

大学毕业之后，家人给我安排了一份在家乡的体制内工作，这对于很多人来说，可能都是一件值得欣喜雀跃的事情。但是我不喜欢，并不是说这份工作不好，相反我觉得它很好，而且只要接受了，每天有悠闲的工作环境，一份与父母在一起的安逸时光，结婚生子。我的父亲劝我，你回来，所有的工资都自己存着，吃住都是我们的，以后结婚了，孩子我们给你带，你们小两口就好好地潇洒就好。

然而我真的能潇洒起来吗？我那颗不安分的心，是这样清淡闲适的生活能够填补和满足的吗？

如果真的选择，我觉得我只要大学一毕业，就如同电视剧里演的那样，一个黑屏，紧接着就是“二十五年后”的字幕。中间这段经历可以不表，每天都是一样的生活，每天都是一样的流程。扪心自问，我不行，那样我会发疯。

这份工作离我的理想太远了，好比我热爱赤道火热的生活，你却一巴掌把我拍到了南极，虽然好鱼好虾地招待，可我满眼都是冰山，那是一种冰冷的绝望啊。这样的生活我不能要，也没有办法要。

我果断拒绝了这一切，寻求不安分的却贴近我理想的生活，尽管其间有很多的波折与不顺，但梦想是清晰的，一路走来的路也是清晰的，这种满足感，不是一份安逸的生活能够给我的。

我这些内心的感受能和你说吗？我能说，但是你能明白吗？

我费尽口舌，最后得到你一个茫然的回应。而这些远不及生孩子，涨工资，孩子教育等等这些问题让你感兴趣吧。那我为何要自讨没趣跟你说这些呢?

我有一个很好的姐姐，是一个文化名人。

在我们老家那个城市里颇有名气，在单位也是拿最高的月薪，最好的福利，最好的待遇，就连中秋节分个月饼，她拿的也是最大最好馅料最足的一个。

这一切让人羡慕嫉妒恨，她就是一个命运的宠儿啊。

同行身边人的日子过得很清闲，开始忙着结婚生子，照顾孩子，寻找学区房等等。可是这一切，她觉乏味，无趣。她要的是文化，是艺术，是对内心深处的追求，所以她不甘心把时间花在跟身边人谈论这些事情上。

最不甘心的是，有一次开会，她发现来的都是中年人，而且一个个看似关心这门艺术又好似无所事事地聊天，一下午聊个不知所以然来，都是官话套话。

当时她说自己很难受。

她问自己，这样的生活是自己想要的吗?这样的日子过下去有什么意义?

可是这样的日子是很多人梦寐以求的呀，那样稳定，不用担心太多，更不用考虑太多，等着退休，一切皆得圆满。

她最终选择离开了那家单位，她一走，那个位置，人人挤破头，据说上演了好一出华丽的宫斗戏。

姐姐离开老家那天，天空出现了浓厚的雾霾，她的眼神迷茫，但尽管迷茫也有一份对未来世界的激情。

姐姐一个人拖着行李箱，混迹于北京。

她开始了她的第一步。

要说紧张，当然紧张，要说后悔，当然有时候会有些后悔。姐姐说起最初来到北京的感受，有一种风过云轻的淡然，最初茫然无措，打得她措手不及，在故乡可是众星捧月的啊，如今呢？一切都要从起点开始。

在北京，你什么都不是！

姐姐成立了自己的文化公司，开始一步一步寻找自己在这个城市的发展脉络，这一路走来，艰辛可想而知。

十年就这样过去了。

十年真的很快，她忍受着别人难以想象的孤独和无助感，以及这一路走来的艰辛和白眼。姐姐说，虽然一路走来，低谷的时候，会后悔当初放下那样好的工作和生活环境，但是现在看来是值得的。

姐姐现在在北京文化圈有了一席之地，有了很多成功的文化案例，也参加过一些重大的文化活动，她从最初的二线城市翘楚发展成了整个中国观众熟知的文化名流，一切除了她的努力之外，和她的选择有着极大的关系。

人的一生认清自己要什么，要过什么样的生活，这个真的很重要。因为这个世界有太多的干扰因素，比如身边人的催促，你怎么还不结婚生孩子问题，等你生完还会询问你，不想再要一个儿子吗？还有，你现在对这样安定的生活无所谓，等你老了，你就知道了，这些事多么重要。

我老了？我都不知道的事情你怎么知道得那么清楚？

最可怕的是亲人朋友的催促，现实生活中他们幸福的样子（这种幸福生活有的或许是真的，有些可能是伪装的）也在刺激着你。

为什么要折腾呢？大学毕业之后，眼看着就要奔三了，人生还是安逸为好。这样的想法进驻你的脑子里，就很难离开了。

这些问题相信姐姐也不能和她的那些同学说，说深了，别人会觉得她在鄙视他们，说浅了，别人会觉得你就是一个傻子，但是其实姐姐内心深处的想法就是如此，和我的想法一样，无能为力，只能不解释，也只能忍着听你一遍一遍问，你什么时候结婚，在单位挣了多少钱，什么职称，天知道，外面的企业哪有什么职称可言？

其实倒不是反对这样的生活，我有时候也会梦寐以求这样的生活，然而自己想要什么，想要过怎样的生活，对于我而言，是再清楚不过的了。

安逸的生存方式谈不上好，也谈不上不好，好比有人爱喝咖啡，有人则喜欢喝茶。你永远不懂我伤悲，像白天不懂夜的黑。伤悲谈不上，但我的内心你真的不懂。

我的努力你看到过吗？我经历的一切你真的知道吗？我想要的生活，拼搏的方式你一知半解，你来我的城市住十天半月，就想知道我生活的精髓？拜托，远远不够，我的生活没有你想象得那么肤浅。

有些是不理解，过来劝导你走上他们想象的生活轨迹。这一点其实还是可以理解的，最可怕的是有些人，打着为你好的幌子，去说一些不知所云的他们觉得可笑的东西，和这种人聊天最让人哭笑不得。

我最受不了，同学之间没话找话地聊天，其实对方是在找你的尴尬和不堪。

大家过得都这么无聊，你生活当中有什么悲惨的事情，说出来，让大家开心开心呗。

比如你的工资多少钱？

比如你在外地买房买车了吗？

如果工资超过了他的想象，觉得数目让他们有些不可思议，又知道你买房买车了，那么下一步就会问你结婚没结婚？结婚了，哦，那有孩子吗？有孩子了……

这些都没有激起他们的兴奋神经。

怎么办？那怎么办？

北京户口！！！

那个连大明星都解决不了的问题，你总不能解决吧。

果然没有，真是柳暗花明，绝处逢生，终于有话题继续下去了，真是天助他也。

孩子以后读书怎么办？

苦口婆心地，你要为孩子着想啊，做人不能自私……

最后你会败下阵来，无话可说。

像我这样没结婚，没房子，没车，事业没有任何起色的大龄青年，简直就是让他们兴奋不已的案例。

这样的人太适合拿来当茶余饭后的谈资了。

你那么多不堪，值得人家开心一个月的。

于是你便成了同学会热情邀请的对象……

这么说，是不是有点太过毒舌了？会有人说把他的好心当成驴肝肺。

那么我想问的是，如果你真的跟我是朋友，那么关心我，平时怎么一点联系都没有呢？非要等到这样的关口，好似才有了一个平台，大家开幕上演，等候你的意外关心。

这种关心，真的是消受不起。

还是那个姐姐，有一次她跟我说，刚来北京的那段时间，自己都不敢回去。很害怕别人问来问去，一是自己的确过得不是太好，事业刚刚起步，有些问题等着她一个一个去解决。当别人问起来，自己都觉得无言以对。特别是曾经那样好的工作放弃了。

所有人都为她遗憾，这种遗憾里有的人可能是好心，有的人则是看热闹，更有的人是幸灾乐祸。

但是有几个人真的是在凝视和关照过你的内心呢？没有多少人会注意，也没有多人想注意。

生活方式是脚上的鞋子，只有真正穿上的人才懂。别人的任何说法如同隔靴搔痒，永远不知道对方心里到底想要的是什么。

别人的世界你不一定懂。

我问过你这几年过得怎么样吗？儿子成绩好吗？老婆和隔壁老王暧昧不暧昧？

我问过你一个月的工资够给老婆买一个 LV 的包吗？有没有可以随时说一两句话而不烦的朋友？丈母娘有没有觉得你工资低？

我问过吗？

我从来就没有问过，好不好？

我才懒得问，别人的世界我不懂，你的世界我也不想懂。

相信我的世界你也不太了解。当然我也不奢望你去理解，我们是不同球面生活的两个人，我们没有交集，圈子不同，不要强融。痛点不一，不要强按。

所以你说得都不对，不说话不是我没有反驳的理由，而是懒得反驳。

因为，我知道，反驳的话，你也懂不了。

人生那么多遗憾，你怎么绕得过去

很多时候，我们都会希望人生不留那么多遗憾。

但是如果你回首去看看，十年前，或者更近一点，一年前，甚至前面这一个月、一周，或者前两天，都会有那么多的遗憾。

一句该说的话没说，一件该做的事没做，一份该送的礼物没有送，甚至面对我们爱的人，没有看她最后一眼，这些都是我们的遗憾，都是无法避免的让人内心颤动的东西。

世界上那么多坑，你怎么躲避得开？

我和小景从南方某城市的机场回北京，经过机场的免税店。

小景仿佛看到了丢失已久的宝石，两眼放光。是十里水稻久旱逢甘霖啊，饥饿的人看到了大面包，荒野的恶狼看见一大群绵羊。

此刻的小景根本就忘记了我的小短腿跑不过他的两条大长腿。

百米冲刺，杀进重围，只见所到之处，呼啦啦买下一大片，如入无人之境，来往的人流在她眼里都化为了虚无，只有那一件件令他心仪的商品在货架上熠熠生辉。

她买了两瓶范思哲，两个蔻驰包，一个LV皮夹，三瓶海蓝之谜，五瓶资生堂，还有一些我实在叫不出名字的瓶瓶罐罐。

即使是这样，她依然一马当先，买买买。

真当是不要钱的吗？我有一点迷惑。

原来小景是深藏不露的大款，原来她不是一个月只赚8000块钱的上班族。

小景看到我迷糊的样子，恨铁不成钢地喊，你傻啊，这里是免税店，免税店你懂吗？错过了这里，你再去大望路、国贸、三里屯，那就不是这个价格了，懂不懂？而且今天买满三件打9.5折，买满五件打9折，买满7件……天啦，竟然打8折，你还等什么？

我反射弧较长，无动于衷地看着小景。

小景叹了一口气，摇了摇头，又开始冲锋陷阵。

我听到过一个故事——

大致的意思是，有一次在国外机场看到一支唇膏，作者很想买，但想想还是有点贵，最后还是放弃了。后来回国之后，一直念念不忘，终于在她所在的那个南方城市的一家高档商场里，看到了那支唇膏。

可是，这一次，那支唇膏的价格已经是在国外机场看到价格的三倍。

三倍了！但是她毅然决然地买了。

她说自己不想再错过了，如果再不买，晚上她又会觉得遗憾。

从那以后，她看到想要的东西，立刻就买下，不留遗憾。

就像小景，这一次血拼，她总共花掉了三万五千六十元。她兴致勃勃地在上飞机之前，让我“瞻仰”她的战利品。

可是，为什么要一次性买这么多呢?

那些化妆品够她用三年的，那些包包，也够她轮番用好多个回合，你能确定明年这一款还是流行款吗?

小景说，我这是为了不留遗憾。

可是，为了不留遗憾，真的就必须买买买吗?

我知道小景和我每年都要来这个南方城市一次，也就是说每年都会经过这个机场，那你又何必把家当成一个囤积的仓库呢?

飞机即将起飞了。

我实在不忍心小景如此累赘地上飞机，便上前帮她提了一些东西。

小景不遗憾了吗?刚上了飞机，小景就大呼，天啦，刚刚我竟然错过了，这个这个品牌，那个那个品牌，你知道吗?这个免税店，竟然有某某大品牌，我都没有想过自己会有机会用上，这一次竟然错过了，我刚刚才想起来，我似乎看到了商场的标识。

可惜时间来不及了，好遗憾。

但是买的东西，就不遗憾了吗?恐怕也未必，小景是一个极其左右摇摆的天秤座，回到公司之后，遗憾多多，上淘宝看到好看的衣服，已经无力下单了，上一次的血拼实在是元气大伤，现在想复原?至少要等再发三个月的工资。

看到喜欢的衣服不能买，简直比死还难以让人接受。

可是，更多的遗憾接踵而至。最好的朋友要来北京，需要好好接待吧，看中了一款父亲一直极其喜欢的烟灰缸，可是暂时只能等等了。

还有那些化妆品，似乎也没有那么有效。

小景很沮丧，当初如果不买那么多，可能就不会遗留这样多的遗憾。

可是如果不买，恐怕在飞机上就开始遗憾了吧。

这次去那个南方城市，和小景同时经过杧果之乡。

那么漂亮的青芒，让人垂涎欲滴。卖杧果的小妹站在一边，用刀切开杧果，黄澄澄的果肉，有些让人无法抗拒的魅力。吃上一口，杧果特有的香甜迅速霸占了你的口腔、味蕾，滑过食道，轻盈地落在你的胃里，简直是人间美味。

这样好的东西，如果不和自己的朋友分享，简直是罪大恶极。

我在那里打包，快递给我远方的朋友。

经过三天的跋涉，我和青芒都飞到了目的地城市。朋友接到了杧果，打开，却已经坏得稀巴烂，几乎没有几个可以吃的了，只留下一阵阵似是而非的果香，很好闻。

好的东西就这样在长途跋涉中变成了一堆糟粕。

好遗憾。

如果当初不邮寄的话，遗憾会不会更少一些。其实也不是，可能遗憾来得更早，还有一点点愧疚，然而如今似乎也没有弥补这份遗憾，只是将遗憾滞后了几天。

真相永远是真相，好的东西是经不起折腾的。

杧果如此，感情也如此。

你深爱一个人，你期望给她一切，你期望通过你的心去让她感到温暖。

你紧张，你害怕留下一丝一毫的遗憾，所以你变得局促。

你变得越来越让人厌烦，你已经占据了她的世界，搅乱了她的生活和思考。你做这些的原因就是害怕和她疏远了，害怕有一丝一毫的遗憾在你们之间发生，然而事实上呢？遗憾却不多不少地正在一点一点地滋生。

最终有一天，你发现你们还是疏远了，气场不合，你们之间的缝隙变得很大很大，再也跨越不过去了。

你留下一个永恒的遗憾。回头想一想，你还不如跟她保持距离，彼此吸引，保留一份无法言语的神秘感，成为彼此不可多得的朋友。

然而一切都已经过去了，留下的遗憾却不增不减地在那里。

《卧虎藏龙》里，李慕白一辈子的遗憾便是没有和俞秀莲在一起，然而即使当初在一起了，孟思昭的死横亘在他们中间，难道没有遗憾吗？遗憾依然在那里，他们的感情因为彼此的性格，形成无法逾越的鸿沟。

遗憾不可消除，也不可躲避。

那又何必去在意这些，活出自己的本真，一步一步向前，走过去便不要回头了，把曾经的遗憾放在身后，不要患得患失，也不要考虑不做这件事会不会遗憾，相信自己，你已经遗憾了那么多，生命会给你一份填补的回馈。

第四章

有些故事随风吹过

散落在天涯

人生总是在离别，
一次次的离别改变着我们的脚步，
教会了我们成长，

离别让我们渐渐认识了整个世界，
整个人生。

只浪漫这一次

起初，他们的爱情顺理成章，卫家男比苏苏高一届。苏苏上大学的第一天，烦琐的报名程序让她有些不知所措，站在那里呆呆地看着人流不息。后来，卫家男就出现了，帮她报名，拿行李，找宿舍，充饭卡，最后还请她吃了大学里的第一顿饭。

大学里，他们是很完美的一对，不知道羡慕死多少单身狗。后来就毕业了，然后就是结婚，顺理成章成了一对年轻的夫妇。

相比那些轰轰烈烈的爱情，他们的爱情平淡如水。苏苏有时候回忆，一路走来，似乎什么都没有发生过，但她知道他们是有爱的，而且爱得很深，也许爱到极致，爱情就会表现成一杯白开水，冷暖自知。

苏苏喜欢这种感觉，平淡而温馨，结婚一年多来，他们没有吵过架，每天她比他要早一点回到家。她会很高兴地打开冰箱，寻找他喜欢吃的菜的原料，然后一面想着他的吃相，一面为他做那道菜，等他回来，他一推门就可以闻到扑鼻的家的味道，很好。

苏苏的工作出差的次数比较多，每次他都会来机场接她。这一次，苏苏没有告诉他今天回家，只是为了给他一个惊喜。站在机场广场上，苏苏觉得有些冷，细雨里夹杂着点点的雪花，苏苏将大衣的帽子拉了起来，她的手接触到了大衣的毛领，冷冷的，湿湿的，柔软而妥帖。

这是苏苏第一次这样浪漫。

现在是清晨，也许太早了，他肯定没有起来。站在屋子的门前，苏苏偷偷地笑，想着过一会儿偷偷走到他的床边，猛地将冰冷的手放进他温暖的怀里，把他吓醒，让他睁开眼就看见她奇迹地站在他的面前。她蹑手蹑脚偷偷进了门，卧室的门开着一条小缝，苏苏缓缓走近，压抑着内心的兴奋。突然之间，她的笑容凝固了。从缝隙中，她看见了卫家男的怀里躺着另一个女人。一刹那，苏苏的心似乎被猛击了一下，有泪从面颊滑落，无声无息，一切东西在那一刹那全都毁灭了。苏苏缓缓向后面移着步子，她不想吵醒他们，她不知道该怎样去面对这件事情。缓缓地，她摸到了大门，轻轻拉开，手有些颤抖，压抑不住，外面空气好冷，有风窜了进来，她衣不胜寒，走出去，轻轻掩上门。

几秒钟的静默，她叹了一口气，抬起头，天空里没有了雨，只有密密细细的雪花，她走了进去。她在街角找了一家咖啡屋，要了杯“卡布奇洛”，店里面的空调开得很大，不一会儿，湿衣服就干了，大衣的毛领更加柔软，却不妥帖。她喝着那杯咖啡，好苦，她忘记了放糖。

她拿出手机给卫家男打了个电话，电话在半分钟之后通了，他的声音有些紧张，她装作没有感觉到。

“老公，我下午回来。”

“哦……啊……好啊。”

“你那里下雪吗？我这边在落雪。”

“是啊，窗外，雪下得很密。”

“下午就不要接我了，我自己回去，好吗？”

“唔，好吧，我在家里等你。”

苏苏喝了一个上午的咖啡，一直到下午两点多才坐上计程车，给卫家男打了一个电话。

远远地，苏苏看见马路旁站立的卫家男，依然帅气，隔着车玻璃的她微微叹息，不可否认，她依然爱着他。他也看见了苏苏，为她开车门。他微笑，她也微笑，和平时没有什么两样。

她给他带了一条深红色的围巾，他似乎很喜欢，在她的嘴唇上吻了一吻，然后决定下厨房为她做一次饭。苏苏一直微笑，似乎将微笑凝固在脸上。

“你还爱我吗？爱我吗？”那一夜，苏苏问了他很多遍这个问题。“嗯。”他睡得迷迷糊糊。微弱的光线下面，他的脸，棱角分明，她轻轻吻他，他还属于自己吗？苏苏的泪静静落下。

他们的生活一如往常，她比他早一点回家，给他做饭，睡在他的身边，他的左手旁边是她的右手，但却有一种苦涩的感觉爬满了她的心，她真的不想失去他。

回忆起来，那个女孩苏苏认识。早在一年前，他们刚结婚不久，卫家男带着苏苏一起参加一个饭局，苏苏就遇见了她，他们都叫她小浣。苏苏也这样叫她，她还对苏苏说，“你的大衣真是漂亮，特别是这一圈很有特色的毛领。”她不无骄傲地说：“是家男买的，我也很喜欢。”

没有想到，现在的自己竟然和这个女人针锋相对起来了。

苏苏突然有些怕回家，怕见到他，下了班不再回去给他做饭，而是独自一个人走在大街上，闲逛，看那些服装店，看久了，才发现自己看的竟然是男装，为他吗？自己真的逃不开了。隔着橱窗向外看，大街上人来人往的，之中竟然有他，她看见了他，卫家男，还有身边的那个女孩。

是的，是他们在逛街，很快乐很幸福地逛街。

苏苏回到了家，收拾了一些衣服，她决定长时间地外出旅游一趟，打了个电话给单位，说是有私事，需要请假。然后是给家男的电话。他在电话那端说："我在会见一个顾客呢，你这次出差什么时候能回来？"她说自己也不知道，反正是出差，等忙完了，自然是会回来的。她有些疲惫，逃离的感觉。

那一趟，她去了丽江，看玉龙雪山，一米阳光，还有那高高的舍身崖。她在那里住了一个星期，电话也关了，她想逃避一切。

可是，每天晚上，她一个人睡不安稳，她习惯了枕边有他的感觉。于是起床，天还没有亮，天和地还粘连在一起，她一直走到舍身崖上，天边的朝阳透着温柔的光芒，一点一点侵吞着墨色的天际。她站在那里，风从她身边走过，她无法抑制地开了机，打电话给家男："知道吗？我现在在舍身崖上，在想那个美丽的传说，如果有一天，我从这里跳下去，你会怎样呢？"电话那端的卫家男还没有搞清楚方向："什么舍身崖，什么跳下去，你不是去出差吗？你在什么地方？这些天你的电话一直都关机，怎么回事？"她告诉他，她不敢当面听他说出分手的话，她知道那个小浣，她是那样的爱他，如果真的站在他的面前听他拒绝自己，她要崩溃的。

她问他："你爱我吗？如果现在不爱了，那么曾经爱过吗？如果曾经也没有爱过的话，那有没有一点点喜欢过呢？我爱你，你知道吗？真的，到现在我还是爱你，我好想不爱你，可是我没有办法，真的拿自己一点办法都没有……"她有些语无伦次，风依然在吹着，她有些摇摇欲坠。

"你在哪里？"他的声音有些颤抖，"我要见你。"

她没有说话，头脑里有些慌张："你……你一定要站在我面前提出分手吗？如果真的要分手，你现在就告诉我，好吗？我不再回去了，就这样分手吧，好吗？我会在心里以为你还爱着我，让我欺骗一次自己，可以吗？你现在就说吧，不要说分手，就用玉龙雪山代替吧，你说玉龙雪山我就知道你是说分手，求你不要在我面前对我说，好吗？"

"那如果……如果我说……你留下该怎么说？求你原谅我……又该怎么说？"他问，声音依然不稳定地颤抖着。

有泪溢出眼眶，爬过面颊，落到深谷里。

那天晚上七点，她在丽江古城的街道上看见穿着深色毛衣的他，还有那条她买的深红色围巾。

"对不起。"卫家男说，"那件事……"

"嘘……"苏苏打断他的话，"什么都没有发生过，陪我看看丽江古城的夜好吗？"

她挽着他的手臂，一如往常的平淡。

所有珍惜的都是美好

小麦是那种丢在人堆里，一眼就能看到的人。

他说自己遇到的都是好人，没有一个人对自己有敌意，都会帮自己。

我听了这话，头脑里出现的画面是《天下无贼》里的傻根，嚷嚷着，哪儿有贼，根本就没有贼。所以傻根的单纯帮了他，即使有人算计他兜里的那点血汗钱，最后竟然也有贼良心发现，为他保驾护航。

小麦说，真的，我极少讨厌一个人，或者厌恶一个人的。

说这话的时候，我们正在吃火锅，他的眼睛透过薄薄而氤氲的水汽，极其单纯地微笑，让人不得不相信他的话。

我想说，不是你极少讨厌一个人，而是你把讨厌的人都忘记了，只记得别人的好或者对你好的人。然而我终究没说，一个走过千山万水的人眼里，依然有着少年的单纯与清澈，这样的感觉，不容任何人来破坏。

其实有些时候，一个人的路并不是自己选择的，好像是上天冥冥注定，一步一步设计好，不得不朝那个方向走来。

最初，小麦学的是美术。

八九岁的孩子整天背着一块比自己还大的画板，屁颠屁颠地跟在老师后面学，每天回来还要坐在那里，精心地去画素描。小麦却能坐下来，尽管小伙伴们的生活丰富多彩，但小麦却可以两耳不闻窗外事……

只是不闻是真的，不闻的时间很短也是真的。

有些事情，爱好是一回事，真的当成事儿去学就是另外一回事。画画很有意思，但学画画就变得枯燥乏味。

有一天小麦突然坐不住了，彻底地放弃了绘画。无奈之下，再度学习文化课。

一次外出骑车，小麦一脚踩进了自行车的车圈钢丝里，车斜压下来。

这一次，小麦再浮躁也没有用了，必须静静地躺在那里，看着石膏重重包裹的腿，黯然神伤。

“其实我小的时候，就很乖，非常喜欢吃香蕉，奶奶给我的辅食就是香蕉，吃了便睡，睡醒了再吃，完完全全是个小吃货，却乖得离奇，不哭不闹。”小麦说，好似那次躺在床上也是上天的恩赐。

事实上，也许真的是上天的恩赐。

半个学期过去了，文化课赶不上了，怎么办？一次偶然的机会，有兄长见他形象不错，劝他去学表演。既然文化课放弃了，那学就学吧。

小麦开始了自己的表演之旅，这是一个痛快而又奔波的过程，四处学艺，再八方赶考。小麦却乐此不疲。

“你知道圣斗士的故事吗？内心有一个小宇宙在燃烧，嗯，就是那样的感觉。”

一年的时间过去，那个冬天的艺考，小麦竟然所向披靡，考一所学校就被录取一个学校。小麦似不在意，如同玩乐，没有压力，也没有太多兴奋，以专业课第一名考上了一所名牌大学的表演学院，顺风顺水，那种感觉如同大风刮过的北京城，没有阴沉，更没有雾霾，一切都是明亮的，天蓝云白，阳光轻盈，毫无杂质。

这样的生活维持了四年。

直到有一天，小麦大学毕业，开始面对社会，面对生活。

做一名演员，好像并非是演好戏就行。北漂的小麦住在朋友的哥哥家，一起入住的是同样北漂的死党。原来接一场戏并没有那么容易，演戏也并非那么单纯，应酬接踵而至。需要去陪喝酒、聊天、泡吧，需要很多表演以外的东西。

小麦不愿，内心抗拒，勉强为之，终究是忍受不住和制作人聊天直至深夜，听导演吹牛从北京一直吹到纽约，再从纽约吹到呼伦贝尔，转个弯，落在长安街。

看着周遭的人无厘头地叫好和吹捧，小麦有点蒙，想走。

一边的朋友在黯淡的灯光下按住他的手，在他的耳畔轻声说，别走，坚持下去，也许那个男三号的角色就是你的，不要辜负你的才华和形象。

四周是那样嘈杂，然而小麦听得很清楚。

他叹了一声，叹息声被嘈杂掩盖。他按捺住内心的执拗，深吸一口气，期望能通过这个平复自己的内心，然而他吸到的只是一口带着终年不散的污秽的烟味。

这个房间太闭塞，闭塞得几乎让人忘记了外面的晴天。

小麦安静地坐在那里，挤出笑容来应酬。

男三号，男三号……他在心里默念着，嗯，只要坚持下去，也许男三号就是自己的……直到那个制作人掏出一张锡纸来……

小麦如同被人敲了一下脑袋，“嗡”的一下传遍了全身，他站了起来，有点恍惚，走到门边，要往外走。

一边朋友起身拉住他，他推开了朋友。

朋友说，如果你离开，你就不再是我朋友。

他回头，用一种决绝的眼神看着朋友，如果你留下，你就不再是我朋友。

他感受到朋友的手从在自己手臂上悄悄滑落下去，最终分开。那一刻，双方有了各自的选择，终是分道扬镳。

他开门，走出去。听到背后包间里，有人摔酒瓶的声音，似乎有人在咒骂。不过，又有什么关系，那个世界不属于自己了。

小麦从酒吧往外走，七扭八拐的路，让他有点头昏目眩，难怪这里的空气那么差，原来是一间地下室酒吧。

走出酒吧，外面天气正好，没有雾霾。在这样平均一个月二十多天雾霾的城市里，这是多么难得、多么令人兴奋的事情。

小麦觉得通体舒畅，他不要做无谓的坚持，更不要做违心的坚持，他不是不屑，而是不会……

当他走到朋友哥哥住处时，才发现，自己的行李已经被打包放在一边，那个哥哥回来了，他们必须搬走。

北京的上空适时地给了小麦一些雨滴，应景到小麦觉得不掉几滴眼泪都对不起这样的剧情。音乐应该配的是二胡吧，还得是苍凉的《二泉映月》。

小麦拖着行李箱，走在街头，还要不要做演员？如果做下去，还会不会遇到刚才那一幕，如果想继续下去，到底要不要接受？

——他想到了一个朋友，小麦拿出了电话。

从那一刻起，他决定放弃做演员，放弃一年多做北漂演员的生涯。

那个朋友很早就问过他，是否愿意转行做演出经纪。他当时没有答复他，现在他打通了电话，问，是否还可以转行去你那里做经纪……

对方答，来吧，如果你不嫌累。

小麦开始转幕后，崭新的世界在他的眼前打开，他开始忙碌于台前幕后，忙碌和明星大腕经纪人一起聊演出事宜，和一些圈子里的人斗智斗勇，只为把一场演出做到尽善尽美。

他有自己喜欢的明星，那个明星唱歌如同一个朋友在你耳边轻声地诉说。没有想到，真的有那么一天，公司会将那个明星的演唱会交给他去做。

当飞机飞到香港与那位明星的经纪人谈具体演出事宜时，他显得局促不安，有些患得患失。

差点被傲慢的经纪人给气岔了气。

小麦有点忍气吞声，坚持着。不知道该如何谈判，没关系，就说对这个明星的了解吧，这个小麦如数家珍，从出道的第一张专辑，到最新的首发单曲，他丝丝入扣分析着歌曲中自己的感受，那些他自己走过的岁月，仿佛和这个明星一同走过。那些歌曲曾陪伴他的青葱岁月，十七八岁的时光，初恋、晴天，热恋、炎夏，失恋、雨天，回忆……

傲慢的经纪人目光缓和，笑了，很多人跟我谈合作，都说是他的粉丝，其实只是拉关系的一种方式，根本没有真正听过他的歌，你不同，你是真的用心去感受了他的音乐。

啥叫一笑解千愁！这就算是吧。

当小麦有一天终于坐在观众席的最前面，看着自己的偶像为几天后的演出精心彩排时，小麦说，当时激动得手脚冰凉，原来一切都是这样成真的。

真的，所有出现在我生命里的人，都在帮我，我遇到的都是好人。所以真的很感激这些朋友，这些帮助过我的人。

那一刻，小麦又忘记了自己曾经的挫败与惊险。

以往的每天都是晴天……

小麦跟我聊这些的时候，仿佛在说别人的事情，眉宇间很清朗。

他说，火锅很好吃，特别是这种清汤火锅，感觉清爽极了，都是食物的原始味道，如果想调味，也可以，随性而自由。

他说，工作也是这样，不要想太多，随心而行，该争取的时候争取，该放下的时候放下，你如果感觉不自在了，那或许是工作上出了问题，或者你根本不适合这份工作。

他说，不要做无谓的争取，等机会来了，再努力，可能会更好一些。

他最后说，其实人的记忆是很不好的东西，要尽量活得像一条金鱼，只有几秒钟的记忆。因为快乐的事情，回忆一次，快乐就减少一分。痛苦的事情，回忆一次，就会增加痛苦。忘记过去，让心如明镜，才能自在地没有包袱地向前走。

童年的时候，我在奶奶家生活。我很喜欢小蝌蚪，爷爷会拿着一只红色的塑料盆去小河边给我舀回很多小蝌蚪，放在家里。

你也许不相信，那些小蝌蚪真的会长大，长了腿，四散逃开了。

因为那里终究不是它们生活的地方。

后来我长大了，就忘记了这件事。

有一天，奶奶告诉我，一到下雨天，整个院子里都是青蛙的叫声，却找不到它们在哪儿。

可能是奶奶年纪大了，耳鸣，错以为那是青蛙的叫声。

那里的房子现在拆了，小河也填平了，门前的小树林也砍伐成了平地，一切都已经不是当年的样子了。

回不去了……

有一天晚上，我做了一个梦，梦见了曾经的小村庄，梦见了那条小河和那个长满青苔的院子。

只是梦里没有了爷爷奶奶。

梦里是一个雨天，却有着明媚的阳光。

我站在院子的中央，听到有青蛙的叫声。

于是，我真的看到了它，它的体积很大，蹲在院子里，看着我。它会说话，似乎在微笑，又似乎在流泪。

它说，小麦，我要走了，这里已经不是我的世界了。

是的，它要走了，它是来向我告别的。

人生也终究是这样，不管是情感上依赖的人，还是你曾经热爱的工作，一切的一切，所有的相遇终将别离。

所以珍惜当下，忘记过去，才是我们该去做的，才不负我们来时的路，才是我们应该珍惜的美好。

留下最好的，放下其他的

胡佳来敲我门的时候，我正要出去。

我不满意，一脸嫌弃，你来怎么也不事先打个招呼？打个电话也好啊。

胡佳有些颓废，连连说，还够不够朋友？别出去，别出去，我想和你谈谈心，我很疲倦，而且左右为难，不知道该如何继续下去。

可我真的要出去。

西山的枫叶红了，钓鱼台的银杏黄了，玉渊潭的樱花粉了，中山公园的郁金香开了……

胡佳不答我的话茬，一把推开了我，径直走进了我的房间，脱鞋上炕，拍拍一边的位置，对我说，坐。好似在他家，让我陪着唠家常。

吃我准备写作时吃的干果，喝我准备写作时喝的茶水，一点没有觉得有什么不妥。

我斜眼看他，你真的没觉得有什么不妥？

胡佳摇了摇头，没有，如果在你这里，我还不能这样，你还要我哪样？

你指着让我去卧轨吗？

卧轨是大事，救人一命，那比什么都重要。

别，我听你说，你慢慢说，水不够，我给你烧。干果不够，我下楼给你去买，要吃饭吗？吃什么口味，我给你叫外卖。

胡佳叹息，别贫了，哥们儿心里遭罪着呢。

你不遭罪才奇怪。我太了解这哥们儿了。

他肯定地点了点头，我这个人有时候就是太顾及别人的感受了，往往让自己左右为难。

我摇了摇头，不怕打击他，你不是顾及别人的感受，你只是太怕孤独又太没有安全感了。

我认识胡佳快十年。

2008 年，我来到北京打拼，第一份工作便是和胡佳一起。

那时候我们俩都在一家出版社做编辑助理。工资低，我们合租了东五环旁边的房子。夏天太热没空调，冬天太冷无暖气，我和他相依为命。

虽然唇齿相依，却做不到唇亡齿寒，彼此有彼此的世界，走不到彼此内心去。

我是一个不求上进，不求甚解，什么都不求的人。

他是一个努力好学，兢兢业业，跟在编辑后面联系作者，校对书稿，能在大半夜里还跟作者噼里啪啦地聊着 QQ，将文字重新推翻的编辑助理。

我怡然自得，整天吃吃喝喝，开开心心，虽然吃不了什么大餐，但只要有路边烫串，我就可以开心一整天。

他却郁郁寡欢，活得了无生趣，总是叹息着说，为什么总没有什么令人高兴的事儿呢？

我说，你已经足够好了，别身在福中不知福，你还要怎样啊？

他摇了摇头，不行，我得改变现状。

有些事情，并不是你努力就可以达成愿望的。

这家出版社在不久之后便开始裁员，我和胡佳都在裁员之列，没有原因，也并不是我们不够努力或者不够好。只是出版社不再需要出版那么多的书，于是就有了这样的结果。

你看，有时候，决定事情发展的因素有很多，你努力或者不努力只是很小的一部分。

当然努力还是很重要的。

胡佳的生活之所以能柳暗花明，正是因为他的努力。

我都没有想到，A 会记得我。胡佳接到 A 电话之后，兴奋地告诉我。

A 是一个图书的作者。A 的老师带着 A 写一部电视剧，A 没有时间继续下去，于是想到了胡佳。

胡佳很早就喜欢写剧本，大学的时候就为此选修了“剧本创作”这门课。

那时候，我也不知道该怎么做，只知道既然学写剧本，那就选修一门课，努力地去看书，看电视剧，把看过的电视剧还原成剧本，逐渐掌握了一些格式和技巧后，就尝试着改编一些自己喜欢的小说，一步一步来……

不是有一位先人说过，机会是给有准备的人嘛。

胡佳就是有准备的人，等待那颗外星陨石飞过来，将自己砸晕。

胡佳就那样晕乎乎地去见了老师，人生从此揭开了新的篇章。

很多编剧都是跟在老师后面慢慢地学，在实战中掌握剧本写作技巧。

胡佳虽然有过自己的摸索和训练，但到了实战，依然显得力不从心。

胡佳被骂得狗血淋头，魂飞魄散，差点就倒地扑街，流血五步。老师的嘴毒过蝎子尾上针，那一针下去，让你肝颤。

你难道没有想过放弃？我问他。

他摇了摇头，你知道吗？认识老师后，我从来没有觉得离自己的理想那么近过。以前总觉得做编剧，那是月亮，看得见却摸不着，现在才觉得那是月饼，只要我伸手，去够一够，再去够一够，再努力一把，也许就能够着了。

胡佳将老师讨论的录音带回来，慢慢地听，揣摩老师的意思，整夜整夜地摸索着，然后将他的意思转化为文字。

稿费来得慢怎么办？没问题，至少咱还能写字。

胡佳在外面扒活儿，只要是能赚钱的文字工作，都去做。给人代笔写自传、小说，甚至还有文章点评，毕业论文都照写不误。

胡佳写得非常辛苦，日日挑灯夜战。

漆黑的夜里，我起来上厕所，走到客厅里，只见四周都是暗的，只有胡佳一张脸在电脑屏幕的光线下，泛着幽蓝的光，双瞳有神，思绪飞快，一双手在键盘上翻飞，像极了戏里面织女的手，只是织女十指纤纤，胡佳的手短而粗，韵律貌似也不够。

我想他是累的，但又是幸福的。

追逐理想的人内心藏有大丘壑，哪怕是一个小小的客厅也能成为他的大舞台。

心有多大，舞台就有多大。

是什么广告来着？但说得又是那么真实。

有一天晚上，胡佳只觉得眼睛酸涩，用手指一揉，似乎有眼泪簌簌落下。

胡佳觉得沮丧，眼睛是疲倦了才落泪。

嗯？不对，胡佳愣了愣，好似不是眼泪。再看，吓了一跳，竟然是出血了。

胡佳不得不躺在沙发上，用冷毛巾敷眼，片刻过后，血止住了。

揽镜自视，红红的血丝斑驳在眼睛里，甚是吓人。

然而稿子总是要交的。

休息片刻，胡佳还是将双手放在了键盘上，继续工作。那块键盘是一块心田，慢慢长出一棵希望的麦苗。

直到有一天，他拿到了两万元的稿费。

对我们而言，真是一笔巨款。

那一天，他让我陪着他去路口商场逛了一圈。他逛得漫不经心，缓慢地走过各式各样的柜台。

他的脸上充溢着幸福，然而却什么都没有买。

走出商场，胡佳笑着说，我第一次来北京，就去过这个商场，当时口袋里只有四百块钱，那一天，我走过这些柜台时，仿佛能听见别人对我嘲笑，他们的目光似乎能穿透我的口袋，看清楚我口袋里的一无所有。那时候我就在想，如果有一天，我挣了钱，要好好来这里逛一圈，买我喜欢的东西。

尽管什么也没有买，但我已经很开心了，至少我能买得起。他说。

那为什么不买呢？我问。真是哪壶不开提哪壶。

我有病啊，一件衣服就一千多，我钱多了烧得慌？他鄙夷地看了我一眼，回家工作。

是的，必须回家工作，还有很多稿子等着他写呢。

一年后，我因为工作的原因搬离了那间房子。

再度与胡佳接触，却是因为他来向我约稿。我说，你怎么当起编辑了，当年的梦想不要了？

胡佳忙着争辩，当然要，丢什么都不能丢了梦想。

可是，当了编辑，哪儿来时间再去写剧本呢？

有什么关系，时间总是海绵里的水嘛。

嗯，那你可真够能挤的，那不是挤吧，你那是榨花生油啊。我笑着说。

胡佳也不争辩，想吃什么，我请你。

我毫不客气地吃了他一顿非常丰厚的饭菜。

从那以后，胡佳越来越忙了，他需要编杂志，并开始策划起了图书，接着剧本，并写着小说。他似乎有无尽的精力，施展着自己的才华。

有几次我们见面，他总是匆匆离开，时间对于他来说那么仓促，让人想起那句话：出名要趁早。有理想并付诸实施也是要趁早的，胡佳说，尽管他已经不算太年轻了，但他抓住了青春的尾巴。

他拼命地拉扯着青春的尾巴，只拉得青春龇牙咧嘴地叫疼。

他生活紧绷得像一张拉满的弓。

直到他再来找我。

他显得很颓废，脸色不好，抽着烟，但一双曾经流过血的眼睛依然有神。

我真的累了，好想放下一些工作。

这些工作，哪一件对你最重要？我问他。

当然是剧本，它是我终其一生去奋斗的事业。他说，你和我是一样的人，终归不是完全为了钱才去工作的，人活着还是得有一些梦想，是不是？剧本就是我的梦想，我希望有一天，别人看到了某一部剧的时候，说，哦，这个剧太牛了，就是那个胡佳写的呀。

我说，既然你这样清楚你的梦想，并为之奋斗已久，且已经有了一些作品在播出，为什么不放手一搏呢？

他摇了摇头，将手里的烟掐灭，把我给他倒的茶一饮而尽。

怎么说呢？好像留给我的工作都还是不错的，比如策划图书，和那些作家打交道，比如编辑一本还算知名的杂志，比如写小说等等这些，我都很喜欢，如果让我割舍，我怎么割舍得了。

这么多年了，有感情了，文字的感情，不一样的文字有不一样的感情，一件我都放不下。

我说，你错了，胡佳。

我们一生有很多值得留恋的风景、亲近的人、热爱的工作、事业、梦想和未来。但是你都能得到和占有吗？不可能。人心不足，永无止境，然而你的精力是有限的，这个时候你必须选择其中一件。

不是说你放弃的那些就是不好的，那些也是好的，可是并不是最重要的，所以当你选择最重要那件物或人时，你就必须放弃其他的，这才是最正确的选择，轻装上阵才能走最远的路，才能做到完美一搏。

有那么一刻，胡佳眼睛红了，他摇了摇头，你说的我都懂，但是我做不到，永远做不到。

是的，他做不到，他太孤独又太好强了，他需要去肯定自己，只有这样他才能证明自己是活着的，是有用的。

有一种鸟，它一生都在飞。它并不是没有脚，而是要证明自己的存在。

胡佳走出我的房间时，天空已经开始慢慢变黑了。

这是一个雾霾的天气，整个空气粘连在一起，却干得出奇。

胡佳就那样走进了雾霾里，走到我看不见的地方，越走越远。

给真相一点等待，给等待一点时间

是这样的，有时候真相往往是需要时间去等待的。

你可能在事情发生的时候，并不知道是怎么回事。

我们往往没有耐心去等待，在仓促中就将一些事情给决定，将一些现象给判断了。若干年后，你突然会发现，哦，原来当初是这么回事儿。

事情真相如果来得及挽留曾经的一切得失，那便是皆大欢喜。但如果真相无法挽回曾经的一切，那也只能一声长叹了。

所以遇到事情，一定要慢下来，给事情，给自己，给他人一段时间，让事情的全部状况一一展露，再做决定。

若子跟我说她和晴天的友谊时，一再说，自己很庆幸，很庆幸，一切都还是在来得及的时候，完成了最后的真相呈现。

我们大部分人在经历了很多之后，会把感情看得很淡，尤其是友谊。

友谊在一个人的岁月里到底占据着怎样的分量？

有时候，亲情，我们靠血缘去维持，爱情，我们靠家庭来圈住，唯独友谊是没有任何可以依傍的，说断就断，说放手就放手。

若子和晴天是高中同学，两人关系非常要好。

一同吃喝拉撒睡都不算什么了，两个姑娘把这些事情当成再寻常不过的事情。一起结伴旅游，看电影，看中哪个男孩，彼此评头论足才是加强版。她们之间的关系默契得如同双胞胎。

在高中的一段时间里，只要晴天心情不好，若子也会郁闷，彼此之间仿佛有心电感应。若子心情好的时候，晴天也会很开心。

若子说她们可以好到穿一条裤子都嫌太松了，甚至恨不得像昆曲《怜香伴》里那样嫁给同一个男人，相守到老。

尽管如此，感情还是要经历很多的离合聚散，高考结束，两人要各奔东西。

若子说，我以为我们能录取在同一个学校，哪怕是同一个城市也好。

但是她们却没有，一个在上海，一个在北京，一个南，一个北，分隔两地。

大学的生活，她们各自有了自己的世界。见面的机会越来越少，但是彼此的联系却丝毫没有断过。

她们几乎每天视频聊天，聊一些新鲜的事情。

晴天会说，今天去了常德公寓，去了张爱玲楼下的咖啡厅里喝了一杯咖啡，聆听了张爱玲曾经听过的烟火气。

若子则会告诉晴天，自己去了故宫，走在电视剧《金枝欲孽》的后宫里，真的有一种寒气逼人、欲语还休的感觉。

她们彼此交流着自己的世界，两人的感情并没有因为距离而变得有隔阂，相反变得更好了。

晴天会跟她分享今天军训时，教官好帅，简直想扑过去“壁咚”，若子则说，后海酒吧里，那个弹着吉他唱着非常小资的歌曲的男孩请她喝了一杯酒。

晴天说，她很希望有一天能找一个像教官那样的男人。若子说，别忘记了，往往感官上的快乐流于表面，真正的契合是心灵的。晴天挤兑若子，难道会弹几首颓废的歌曲就和你有心灵的契合了？别扯了。我不相信你是那样肤浅的人。若子笑着回应，还别说，老娘肤浅起来，简直就不是人。

直到有一天，晴天给若子打来了一个电话，晴天告诉若子，她需要一笔钱解决一件事，不多，大概 5000 块钱就可以解决。她希望若子能够帮忙，她是她最好的姐妹，晴天想不到还有谁能比若子还要靠得住。晴天说，在人生的低谷期，她第一个想到的就是若子。她觉得即使全世界都抛弃了自己，都不搭理自己，不伸出手来拉自己一把，若子都会，她坚信这一点。

电话那端，若子淡定地告诉晴天，不用着急，给我银行卡号，这几天我就想办法，等有钱了，就给你打过去。

晴天感动到流泪，这么多年相信一个人真的没有相信错，她是可靠的，她是自己最好的玩伴，也是最好的知己，尽管这些年她们不在同一个城市学习、相处，然而距离并没有将彼此的感情拉开，她依然是自己的若子，依然是！

这是多么坚实的友情啊。痛，和你一起痛。乐，同你一起乐。

需要帮助，回头，她永远站在你的身后。

然而这一次，晴天发现自己想错了。

第二天，第三天过去了。晴天并没有接到若子的任何留言和钱款。

5000 块钱，对于一个大学生而言，也不算是一个小数目。

晴天可以理解，所以晚几天又有什么关系？对于若子而言，晴天已经给她提了一个很大的难题了。晴天有点懊恼，但又有什么办法呢？这件事情，如果没有钱，她会惹来更大的麻烦，她唯一的希望寄托在若子的身上。

晴天一直等待着，第四天，第五天，一周过去了，若子依然没有任何消息，也没有任何钱款打过来。

晴天几次想拨通若子的电话，但最终还是放弃了。

当她发现友谊的小船在海浪中摇摇欲坠之时，何必还要问，一切都已经明摆着。晴天终于承认了这一现实，是的，所有的感情面对金钱的时候，都变得一文不值，她必须承认这一点，自己和若子的感情也是如此。

好痛苦，在此之前还仅仅是因为难题让自己辗转反侧，寝食难安。现在加上了多年的情感刹那间幻灭，晴天终于彻夜难眠了。

为这 5000 块钱，晴天开始到处想办法，化整为零，到处寻找朋友帮忙。

半个月过去了。

这焦虑而伤感的半个月啊！

就在这一天，她的手机突然来了一个银行信息通知，上面多出了6000 块钱。晴天为之一震，仿佛睡梦中的迷茫突然被人拍醒了，一切回归到一个清明的状态，一切都还是那样的美好，城市没有付之一炬，世界并没有末日来临，一切都恢复到原有的秩序，一切都好了。

花开了！

这应该是若子打来的钱。

这个银行卡号，她只发给了若子。半个月过去了，她终于有了消息。是她吗？真的是她妈？

晴天不敢相信这一切。

电话适时地响了，电话那端是若子。

若子告诉她，亲爱的，我给你打过去6000块钱，5000块你先解决事情，还有1000块钱你留着作为生活费，我相信你办完事情之后，会身无分文的，再借钱，真是麻烦，所以我一并给你打了6000块钱。

晴天泣不成声。

若子笑，至于吗？感动成这个样子？

若子告诉晴天，这6000块钱是这半个月来，自己凑来的，原来以为凑个5000块钱是小意思，原来真的遇到事情，找人借钱是那样难，她几乎借遍了她觉得可能会借到钱的人，才凑了3000块钱，余下的3000块，有一部分是从自己的生活费里挤出来的，有一部分则是这半个月来做零工换来的。

若子说，你不用担心，先去解决问题，后面有困难，咱们一起想办法。

晴天说，我一开始还以为你因为借钱再也不搭理我了呢。

若子说，你傻啊，有什么比我们之间感情更重要的呢？

晴天问她，你为什么不问我这些钱到底要干什么？

若子回答她，如果你愿意说，早说了，我信任你，所以我不问。

若子似乎为她想好了一切，所以她说再多似乎都是多余……

晴天淡淡地说，很多时候，我们以为自己已经知道了事情的真相，而事实上，那只是窥一斑而并非知全貌，有时候甚至连一斑都谈不上，那样一个边边角角的认知很容易就将事实的真相掩埋了。

给等待多一点点时间，也许时间会给你一个全新的答案。

我记得我在大学的时候，曾去买了当时非常流行的那种压缩碟《卧虎藏龙》回去看。

那时候《卧虎藏龙》刚刚获奖，毁誉参半，并不是一致叫好，很多人说，这部戏是在迎合西方人的口味，把中国的武侠弄得不伦不类。

我看的这版 90 分钟的电影。

看得我莫名其妙，很多情节、细节，连贯不起来。

感觉是跳跃的，不正常的讲述。

是导演故意而为之，还是编剧为了省事儿？

有些场景是生切过来的，看得我晕头转向，不知所云。

看完之后，也觉得群众的眼睛是雪亮的，这部戏的确不咋样。

若干年后，我从网上下载了这部片子，120 分钟的片长。

游刃有余的故事讲述，张弛有度。道具梳子的前后呼应，青冥剑的寓意和得失，细节的把握，以及玉娇龙凌厉的眼神与回忆的搭配，一切的一切，都堪称完美，当年未解之谜，一一解开。

原来，真相是需要一点等待，而等待是需要一点时间的。

授业恩师张春晓先生讲过一个故事。

她在高中的时候，突然从楼上飞下来一本书，书名叫《书剑恩仇录》，没有封皮。那个下午，她很痛快地看完了这本书，意犹未尽。

故事让她着迷，甚至因此她还写了好几部武侠小说（复旦大学的一代才女竟然写武侠小说，对，就是这么神奇，文学哪有什么高低贵贱），但故事里依然有一些未解之谜和遗憾，让她觉得很奇怪。

当然小说终究是小说，她也没有细究。

后来上了大学，才知道《书剑恩仇录》是两本，后面还有香香公主的出现，于是恍然大悟。

给真相一点等待，给等待一点时间。

不要过早地下结论，你也许会发现一个不同于以前的判断，一个让你很意外的真相会出现在你的面前。

对一个人、一件事下结论时，再等等，再等等，也许你离真相只是一个等待的时间。

你又不是个演员，别设计那些情节

读高中的时候，她是我的同班同学，是极其漂亮且品学兼优的女孩。那时的我成绩不好，个头矮小，发育不良，由内而外属于“残次品”的行列，不可避免地成了一个自卑的人。

也许正是因为自卑，所以我对“女神”只有仰望。但不想有一天我却和她成了朋友。

具体是怎么开口说第一句话的，已经不记得了。

那天下课，她叫住我，一起去食堂吃饭。

作为一个被“女神”眷顾的男生，有多少男生会投来艳羡的目光，那是可想而知的。我不敢抬头去看周遭的一切，只是低着头跟在她的后面，外表保持镇定，回应着她的笑，在众人讶异的目光里，走向食堂。

日子久了，带着一点点害羞，一点点莫名的优越感渐渐转为最普通的交往，我们成了非常要好的朋友。只是每次在发考卷，公布分数，看到自己和她的落差时，我还是感觉到一丝的尴尬与无以名状的忧愁，实在是觉得自己不该和女神站在一处，那画面是童话里的青蛙与公主，只是这只青蛙永远也不会变成王子。

想想，是多么黑暗的一则童话。

一天晚自习，她突然给我传了一张字条，说要去楼顶看星星喝啤酒。我们以上厕所为由，从班级里偷偷溜了出来，在黑暗中摸索着楼梯上了六楼的楼顶。夜风很冷，她却从小卖部里带来两罐冰啤。在夜空黯淡的光线里，仰着脖子喝酒，那一刹那，我仿佛听到“嘎巴”一声响，女神的光环碎落在了屋顶上。

就是那个晚上，她告诉我，她之所以和我成为朋友，是因为她觉得我们都是孤独的，她觉得我不会背叛她，不会站在对立面去攻击她。我很疑惑，问她：难道有人在背后议论你吗？她将最后一口酒一仰脖子喝了下去，缓缓说道：当有一个女生在学习上、形象上都非常突出时，女生之间的嫉妒是难以避免的。

好几次，她走进寝室时，看到众人正在聊天，而当她走近的时候，大家的声音戛然而止了，对她投以异样的目光。这让她难以忍受。

如果不是在议论我，她们为什么会停下来？

她反问我，那双漂亮的眼睛里是暗淡的夜色，变得很黑，仿佛深不见底的深渊，掉进去便再也无法上岸。夜变得更加冷了，我裹了裹衣服，将目光投向远处的灯，期盼得到一点温暖。

也许不是这样的。就算是这样，还有其他的男生呢？我安慰她。

她再度自嘲地笑了笑，告诉我，她拒绝过很多个男生的邀请，一旦拒绝了，那些人对她的态度陡然就变了，好像拒绝他们是多么十恶不赦。

他们越是这样，我越恨他们，我更加不想跟他们说话。她说。

那一夜，她说了很多话，好似楼下那间教室里所有人都在与她为敌，都在谋划着要设局欺负她。我突然觉得，她已经用一堵墙将所有人阻隔在了城外，她则锁紧城门做自己世界的公主，落寞的、苍凉的公主。

随后不久，我和她关系破裂了，她开始怀疑我背叛了她，将她和我说的话传给了其他人。天地良心，我恨不得在嘴上锁一把锁，恨不得喝下十瓶醋来消化肚子里的秘密，然而关系还是断了。

我唯有叹息，很多时候，我们把自己的所作所为看得太重了，也许你认为很重要的事情，耿耿于怀，在别人那里，早已烟消云散。没有人会刻意去联合起来对付你，生活也并不是天天都在演绎着清宫戏。

在《甄嬛传》里听到过一句话，原话不记得了，大致是说，自己心里是怎么想的，看到的世界和人便是怎样的。我们需要的不是戒备，也不是处处设防，我们需要的是感受生命的美好，何必让自己的眼睛倒映的全是黑暗，再美丽的眼里只留下空茫的黑，也会变得不漂亮，而是可怖而绝望的。

在该来的时候来，才叫幸福

去海南旅游之前，我给一个当地的朋友打电话。

朋友说，住宿订了吗？我回答，还没有。朋友拍着胸脯说道，你别管了，我来帮你订宾馆，到了，直接送你过去。我赶忙喊，我要住某某酒店，只要那一家，必须是那一家，其他的宾馆一概不住。

朋友有些诧异，矫情，难道那家宾馆很好吗？好像也不是啊，只是很多普通酒店的其中之一，而且开业已经有些年头了，墙壁不说斑驳也已略显败色，装潢设施都有点旧了。昨日的辉煌早已在日升月落之间，缓缓地化为照片上的影像，在空气的氧化中渐渐蒸腾了昨日的风采。

直到下了飞机，朋友仍旧不明究竟地问我，到底是为了什么，那么一个偏僻的酒店，究竟为何让你如此钟情？像是一个老色鬼迷恋宛在水中央的绝色女子。

我不是色鬼，它也不是什么绝色女子。问了半天，他才感叹道：你的审美的确有些独特啊！他哪里知道，那个酒店对于我而言就是一个梦。

我记得，某著名演员略显矫情地在一个真人秀节目里说，每年，他都会带着妻子和儿女一起去三亚，每次预订同一家酒店，预订同一间房，面朝大海，春暖花开，享受天伦之乐。他说得很动情。那仿佛是一种约定，是一个仪式，是另外一个家。

我当然没有那么讲究。我甚至觉得那个演员说得太过造作。一件普通而刻意的事情，有什么价值值得大书特书将其变成一种神圣？

我想说的是，我在若干年前与这家酒店的邂逅。

那时候，我刚大学毕业，在宝岛海南做记者。有天中午吃饭，一位新闻界前辈让我去参加一场发布会。那个发布会就在这家酒店。我至今清楚地记得，我从出租车上下来，一个印度人帮我开的门，然后我经过旋转门，踏在柔软的红地毯上，看着四周的金碧辉煌。我通体散发着农村的气息进城，无法自拔地投出艳羡而不知身在何处的目光。

地毯为什么会那么软，都没了着力点，像是沼泽，随时会陷进去，来个灭顶之灾，却来得那么诱惑。是冷气开得太大了吗？我感觉皮肤冷飕飕的，体内却涌出一种滚烫的气息，这种气息和外界的冰凉对冲，让人如同吸取了两股高人的内力，两股真气打架，直至天昏地暗，日月无光，差点就把本体打得稀巴烂。

我就那样完成了我人生当中的第一次采访，结束后还吃了一顿超级华美的大餐，以及收到一份在当时看来超级大的红包——真金白银的人民币。这一切把我给击中，我整个人恬不知耻地失去了所有知觉，机械地完成了所有的采访程序。

当我晕晕乎乎重新暴晒在海南的烈日下面，看着我身后那间华丽的酒店时，我对自己说，有一天等我有能力了，我要在这里住一晚上，哪怕一个晚上，我就心满意足了。

如今我虽然还在为自己的生活打拼着，虽然还会为五斗米折腰，虽然还会一面看着某明星一百万接一集的电视剧，一面写着我自己一百块一千字的文章，虽然我坐飞机还是需要选择哪一天的经济舱最便宜。然而我已经有资格选择如何去打拼生活，已经有五斗米让我折腰，也有一百块一千字的文章给我写，可以承担得起最便宜的经济舱的机票。

我可以满足我当年那个朴实的愿望了，天地良心，我从来没有想过，为了当初的那个我，承包那家酒店。

然而，当我踏进当年魂牵梦萦的酒店时，我发现我并没有激动得热泪盈眶，走上那条略显破旧的红地毯时，我也并没有双腿打战，无法自持。更没有被里面的装潢闪花眼，我甚至厚颜无耻地忘记了当年我看到它的模样。这样的我对得起当初那个双腿打战的男人吗？

它是那样普通，墙体早已褪色，有些地方的墙纸已经因为潮湿而泛起霉点甚至卷曲脱落，沙发已经破旧了。大厅里只有三个前台服务员，显得疲惫而单调地站在那里，等我过去办理手续。

几番周折，我住进了事先订下的房间。我平躺在松软的床上，对，这一次我实实在在地感受到了与一般酒店相同的松软。

我想在我心里曾有一席之地的它，已经渐渐落幕，甚至来不及给我一个回眸，便已经与我道永别，再也不见了。

幸福是在该来的时候恰好赶上，而不是在若干年后的弥补，所有的一切只是自己营造的梦，其实那个梦早已在睡醒之后，烟消云散了。

有些情话还没讲完，那就算了吧

那天的车是晚上六点。

我和女友吵了架，才坐上了回家的火车。

我身边是我的一个朋友。我告诉她，我和女友吵架了。

她问我什么事情。

我就把前因后果原原本本地告诉了她，一件芝麻绿豆大小的事情，似乎根本不值得一提。但是恋人之间似乎任何一件鸡毛蒜皮的事情，都可以在心里自我装点成一片浩瀚过不去的海洋。

那个时候的我很沮丧。

朋友说，你给她打个电话吧，否则你今晚都不会心安了。

我想了想，最终决定给她打电话。

摇晃的车厢里，窗外下着雪。

她接了电话，淡淡地问我，什么事？

是啊？什么事？这个简单的问题，在那一刹那，我不知道怎么回答她。这个时候，我如果跟她再提刚才的事情，显然是不明智的，我打电话，证明我服输了，那我如果再较真去辩解刚才发生的一切，这个电话还有什么意义。但是如果我不提刚才的事情，那我又该和她说什么呢？

我愣了愣。

就那么几秒钟的时间，女友把电话挂了。

我想再打电话，可是到底要说什么呢？其实没什么好说的，但是不打电话，总觉得心里膈应着什么，哽在那里，吐也吐不出来，咽也咽不下去。

大概有十分钟，我站在摇晃的车厢与车厢交接处，思想着，思考着……

最终没有再拨打电话，回到朋友的身边。

朋友问我，打了吗？

我说打了，但没有任何意义。

那天晚上，我度过了一个漫长而又纠结、寂寞而又伤感的夜晚。

那一夜，因为大雪的原因，火车开得极慢，本来四个多小时的路程整整开了八个多小时，到了目的地，天都亮了，窗外的雪积得厚厚的。

朋友说，终于知道我为什么有那么多时间去做事情了，因为我根本不需要睡觉。

是的，此刻我依然念叨着。

朋友说，再也不要跟我坐夜车了。

是的，那一夜，我都在问她，我是不是和女友就这样结束，或者说我是不是不够关心她，我是不是不够体谅她，我是不是做错了什么，我是不是……

太多我是不是了。

每一次，我朋友都眯着眼睛，喃喃地回答我，不是……

不是……

不是……

真的不是，都不是……

她要睡觉，本来在车厢里，就不容易睡好，反倒被我一直骚扰，骚扰了一夜。

记录这个故事，其实没有什么道理。只是今天突然想起我的女友，如今不知道在哪儿生活，失去联系已经很久了。但是在当时，我是那么怕和她失去联系，那么怕她不再搭理我了。过去之后，回头再看，只是一笑置之。

我们放不下的，其实回头看看，也只是淡淡一笑而已，但是那一刻却多么的值得，因为那种感情只属于我们自己，不属于任何人，只属于我们的那一刻，唯一的，永恒的那一刻。

生命和爱的条件，便是勇敢和承担

当一个人与另一个人竭力争辩的过程中，突然丢盔弃甲地放弃了，只是微笑地看着对方。在对方极其兴奋与成就感爆棚的时候，用一种近乎迎合的方式完成了这场战斗。

那么足以说明，这个人不为别的，只是因为他爱你。

因为爱你，所以不计较输赢。

因为爱你，所以微笑地看着你胜利。

这个故事发生在我很小的时候，几乎尘封在我的记忆里。但它也经常会突然冒出来，仿佛是我生命里的一个指引，一想起这件事情，便会让我对一些正在做的事情迅速下决定。

这个故事的主人翁叫汪小明，真的，他有一个全国最著名的名字，我儿童时代的好玩伴。

小明的样子我已经彻底忘记了，他当时是我们班的班长，品学兼优，只是有一点点倔脾气，遇到一些问题，喜欢抬杠。而我又是一个不争辩赢了便誓不罢休的主儿，两人碰到一起，简直是针尖对麦芒，争论个四五天，绝对属于正常现象。

那一次，我们究竟是为何吵架的，我已经忘记了，总之吵得很凶。不过，我猜想，总归是“学术问题”。那时候，我们的学术问题很多，从“青蛙是如何长出腿”的生物学问题到“中午的太阳为什么会很热”的天文问题，都是我们研究和争论的范畴。

总之，我们可以争星星，争月亮，从诗词歌赋争到人生哲学。

那天，我们各自撂了狠话——

再也不要见面了，再也不要说话了，再也不要抄他作业了，就算是他请我吃棒冰，我也不抄他作业，就算他的作业全对，我也不抄。

做人就是要这么有志气。

他说再也不问我借书看了……

不借又怎么样？在农村的小伙伴之间，书只有我有，其他人没有，不用猜，只要三天，他就会后悔。

而抄作业有什么关系，有大把的人愿意把作业拿来给我抄，顶多也只是我请他们吃冰棒而已。

打架可以输，士气不能输。

就这样，那天我们彼此气呼呼地分开了。

不过，我的确是一个心软而纠结的人，在小明离我远去时，我终究还是回头看了看。夕阳下的他走得飞快，等我回头的时候，已经很远了，他穿着一件黑色的外衣，在夕阳里成了一个远远的黑点，像极了句号。

现在想来，好似一个不太吉祥的预兆。

那个句号最终变成了一个点，在远处的土坡里消失不见了。

我以为我永远不会后悔。

但是，回家后的那个晚上，我就开始后悔了。我想我不该跟他赌气，何必呢？又没有多大的事儿，即使大家上课不见下课还得见呢，多不好。

我想我应该跟他道个歉，大家也就和好如初了。那天晚上我辗转反侧，一直无法入眠。

这个场景我一直记得非常清楚，窗外的月亮很大，朗照进来，疏影横斜，在月光里，人的思维变得模糊，飘得很远。

第二天是周末，我们并没有见面。

直到周日的下午，我突然得到消息，小明和自己的弟弟在周末的下午闹着玩，不小心用尺子划破了弟弟的额头，怕父亲责备，便吞下了母亲准备药耗子的老鼠药。

当天晚上，没有来得及送到医院便去世了。

我不知道他在生命的最后的一天里有没有想到过我，有没有想跟我和好如初，有没有想过问我借书看？

但是我知道，我永远也没有机会和他说话了。

吵架成了我们最后一次的交流，我再也没有机会和他道歉。

我永远留下了一个遗憾。

人一旦离开了，对他的记忆便只剩下了美好。

死亡如同一个过滤的镜子，将曾经的不快全部过滤掉了，只剩下了我对他的思念，他的美好和可爱。

他总是在我最孤独的时候给我帮助，最需要帮助的时候给我温暖，最需要温暖的时候，递给我一个热水袋。

而我们竟然用那样的方式，彼此道别。

若干年后，再次回到我童年待过的小山村，我突然发现，这里的一切都已经变了。连曾经的学校都已经被夷为平地，更别说是村庄里的那几户人家，年纪大的与世长辞，年轻的也外出谋生了。只留下了残垣断壁和我那仅存的一点回忆。

只是——

回忆如同曝光过度的照片，只剩下一点点细枝末节，已经找不到原来的影像了。

连一点点留给我凭吊忏悔的机会都没有我留下来。

十多年过去了，我和家人、同事及朋友也有过争执。

家人的争执是免不了的，有时候仅仅是对一份工作的看法，一个我是否选择留在某处的分歧。家人是不可能设身处地冷静地去思考你的境界，事实上任何人都不可能，他们只是担心你的未来和你即将面临的问题，于是，对你强加指责。

这种以“为你好”为缘由的指责，让人有时候如鲠在喉，总想辩解几句。

而朋友和同事则更多的是在一些具体事情上的分歧，同事和关系稍远的朋友有时候说话可能会客气一些。而亲密朋友往往说话更不注意，直截了当地谈着他的看法，这些看法和你相去甚远，怎么办？

每一次在战火即将蔓延时，我都戛然而止，单方面停止了战役。

我不想继续下去，有时候即使我是对的，我也想尽快了结这场硝烟弥漫的比拼。

为什么？

其实原因是那样简单，于我而言，你比胜利重要得太多太多了。

我经常会想起小明那天和我分开的画面。

其实画面很模糊了，只是记得在那个草坪上，那个黄昏的夕阳下，那个渐行渐远成为一个小黑点的句号。

他走得其实挺决绝的，用一个黑点完结了我们的友谊。

每个人来到这个世界，和每一个见到的人都是一种缘分。

我记得有人说过，和你相逢的人，是彼此修炼了一千年，只为和你在今生重逢。为什么要因为一件小事，和彼此修炼一千年的人发生争执呢？

争执赢了又如何？

难道那一份友谊和情感不比赢得争执更重要吗？

我记得儿时的那份遗憾，因此我更珍惜每一份人潮人海中的情感。

我爱你，所以不与你争执，只是微笑地看着你取得胜利。

往事都随风散落在天涯

我的一个朋友，说起儿时的故事，总是眉飞色舞。

童年留给他太多快乐，因为圆满的童年，所以他的眼神总是明媚而纯净，认知是美好的，腹黑和阴暗跟他似乎永远没有什么关系。

童年给了他的人生一个很好的开端。

他的童年大部分时间在姥姥家度过，一个鸟语花香、青山绿水的乡下，叫九连山。

他用手比划，就是九个山头连在一起，坡度平缓，有大片的草坪，可以供他们从上面跑下来。

童年的快乐是陪哥哥一起在山间放羊，喝山泉，吃山上不知名的野果。

童年的快乐也是坐在姐姐的肩膀上，拽着她的马尾辫子，幻想着自己在骑马。

童年有太多人的呵护和陪伴。

只是，不知不觉中，大家都长大了。

生活的轨道开始了偏离和分岔，渐渐地，你一回头，发现当年一起嬉闹的玩伴都已经各自散落在天涯。

人生其实总是在离别。

我儿时的伙伴，已经在我的生命中消失不见了，不只是儿时的玩伴，初中的同学，高中的同学，如今联系的已经不多了。

大学的呢？其实也已经没有那么多的交集了。

在大学里，我们曾经海誓山盟过，一辈子都要联系，如果有一个朋友遭遇什么事情，要立刻伸出援助之手。

如今呢？似乎都变淡了。

上次我的一个朋友去我的家乡办事，在街头偶遇了我的父亲，从我父亲那里得到了我的号码，给我打电话，他说，好多年不见了，你还记得高中的时候我穷游，骑着自行车在本市的乡下转，然后就到了你家吗。

那天是深夜，吃过我父亲为他准备的晚餐之后，我们关了灯，在我的房间里躺着，一起畅谈未来。

我的那个在桃花源一般的世界里度过童年的朋友淡淡地说，上一次哥哥和他在北京见面，聊到了曾经一起生活过的九连山。

哥哥问他，你后来回去过吗？

他说，回去过，但已经没有太多意思了。

为什么呢？

九连山已经没有了，农村为了炸山卖石头，九连山几乎被铲平了，只剩下半座山了，那半座山被吞噬出了一个悬崖峭壁。他站在那里，感受到一种与过往的阻隔，时间像一把刀，“咔嚓”切断了童年。如同一个孩子出生时，剪断你的脐带，对，你现在不在妈妈的肚子里了，你已经在另外一个世界了。

从我们出生剪开脐带的那一刻起，我们的人生就一直上演着离别。

人生总是在离别，一次次的离别改变着我们的脚步，教会了我们成长，离别让我们渐渐认识了整个世界，整个人生。离别也在默默地改变着我们的思维和思考，同样，也极其残忍地阻断了你回去的路。

回不去了，只能朝前走，一直走到你所确认的下一个世界中去。

第五章

把所有的不安拥抱成温暖

我愿意和你在一起，
拥有这一块小小的天堂，

在那里生活，避风，挡雨，
互相依偎。

有一个地方只有我们知道

我和阿乔聊她的婚礼时，她的爱人阿新正在为自己的新话剧排练。

阿新演主角。

空荡荡的排练厅里，只听到导演在大声对阿新喊：不要受到干扰，你现在是剧中人物，你现在生活在剧中，明白吗？

阿新念着台词，跟剧中的女朋友爱得死去活来。

阿乔没有吃醋，不时“扑哧”笑了出来，悄声对我说，看着我好想笑。

因为只有我知道阿新动情的时候，不是这个样子的，这是演出来的。

阿新太忙了，忙得根本没有时间去顾及婚礼的一些事宜。今天刚从老家回来，下午就来排练了。刚刚跟我说，他特别困，真想好好睡一下。阿乔淡淡地说，婚礼的一些事宜，就只能由自己去处理。

阿乔一面说，一面看着排练当中的阿新，一脸满足。

这也许就是幸福吧，没有什么大起大落的故事，淡淡的，涓涓如流水。你在一边工作，我坐在一旁安安静静地看着。头脑中描绘未来的样子，等待并筹备着即将到来的婚礼。

你的爱只有我能明白，在任何人面前伪装，也许别人看起来很动情，但我知道那个不是你，只有在我身边的时候，那才是完完整整的你，属于我的你。

在老家独立辟出一个房间作为他们的婚房。

一有闲暇，阿乔会去网上看看，想着该如何布置自己的婚房，哪里放一张桌子，哪里要放一盆绿植做摆件，床旁边要不要放一张毯子，毯子要什么颜色比较好……

阿乔说，这几天，很多老家朋友会问，为什么那么在意自己的婚房呢？随便布置布置就好啊，你看，你结婚之后，又不是经常来老家住，你还是要去北京生活的嘛。

其实他们不懂，阿乔摇了摇头，这个房间对自己是多么重要。

我觉得这个房间就是我和阿新结婚后第一个属于我们自己的空间，不是任何人的。它是实实在在属于我们的天地。

我希望它是美的，是我想象的样子。

我想我能懂她的想法。

三毛和荷西在撒哈拉，用捡来的物件一点一点布置自己的房间，两人愉快地生活。我想不仅仅是因为三毛的生活情趣，更多的是她知道这一方小小的天地是只属于她和荷西的，所以她是那样看重那块天地，她希望在她的双手之下，慢慢将这块天地变成自己想象的样子。这是理想缓缓变为具体的过程，是浪漫渐渐幻化为生活的过程，是任何仪式、任何其他物质取代不了的。

阿乔要做的就是这些。

爱一个人是要做什么?

爱一个人归根到底不是海誓山盟，不是物质，也不是虚无缥缈的浪漫。爱一个人，就是希望能在天地之间找到一个地方，哪怕是极小的一个地方，那个地方只属于你和我，它是经过我的手慢慢变成我心中的模样，我愿意和你在一起，拥有这一块小小的天堂，在那里生活，避风，挡雨，互相依偎。

如果说婚礼是一个人和另一个人爱的见证，那么这个小天地就是生活的见证，是经过爱情长途跋涉之后所停驻的港湾。

当这块小天地变成阿乔想象的模样，在她的心底，也就筑就了他们共同的天堂。

我会好好过，没有你的生活

与小蚊子的第一次见面，是在南京秦淮河畔的咖啡厅里，大家围在一起谈天说地。只有她并不多说话，歪着头，抬眉淡笑，眉头舒展开来，平和像栖霞山的风，清淡如玄武湖的水。

后来才知道，她并不是写作圈子里的人，但她的第一任男友却是这个圈子里小有名气的作家。只是，我知道那个人私生活备受争议，不过，这并不影响我对他文采的佩服。胡兰成也是垃圾，却能写出那样锦绣的文章，否则怎能让张爱玲低到尘埃里。所以当我知道小蚊子爱他爱得深刻，几乎在自己世界里翻江倒海，巨浪滔天，我也没有丝毫的意外。有时候，有文采却没人品的男人像一块沼泽，一旦一个女人陷进去，无论如何挣扎，都无法再拔出来，只能在挣扎当中越陷越深。

小蚊子倒是并不在意这些。谈到这个男人时，有一种千帆过尽的坦然。

我当时年龄小，对他是膜拜。女人就是这样，越年轻，越无法分辨出崇拜和爱的区别，就那么糊里糊涂地爱上了，她说，到现在自己也不恨他。

小蚊子的声音温软而沉静，缓缓地说下去。没和他在一起前，我是纯真而不谙世事的。那时候，他会陪着我乘着月光爬上梅花山，看月光下影影绰绰的山林。在玄武湖里泛舟，听他说他书中男女经过人世沧桑后，在平静中选择离开。她说，那种感觉是很美的，现在是找不到了。

这便是那个时候她所认为的爱情。岁月流逝后，她知道，那些只是自己以为的，并不是真正的爱情。分开的时候，他说，他无法再接受她，就像一杯咖啡的苦无法和一块方糖的甜融合，这种感觉很痛苦，折磨着他。小蚊子当时就笑了，不爱了便不爱了，何必找那么多借口，显得矫情。

小蚊子比那个男人洒脱多了，说，你要走就走吧，这次的茶水钱我来埋单。然后等他离开之后，留下自己痛不欲生。

有那么一刻，她以为自己不能再爱了。

然而，人生太长，谁也不能给后面的岁月打包票。一年后，小蚊子认识另外一个男子，小意。谈到和小意的爱情，她又笑了，不只是崇拜会让人觉得是爱，有时候怜悯也同样会让人觉得是爱。

对小意的爱情起于怜悯。认识他时，他的生活无以为继，住地下室。他对小蚊子说，在下雨天，自己经常醒来，会发现鞋子竟然漂在水上，屋里全是水。南方的天气潮湿，黄梅天，地下室里霉菌丛生，他身上的湿疹久久不退，在大腿上结了痂，看上去触目惊心。

小蚊子为他找工作，找房子，为了他奔前忙后。在南京，小蚊子的人脉也并不广，最终却真的帮大专文凭、没有工作经验的小意安排好工作，艰难可想而知。小蚊子说，爱了就爱了，爱就是孤注一掷，想不到那么多。

是啊，爱就是不要问值得不值得。

几次三番，最终小蚊子还是与小意分手了。

后来呢?

后来的故事不用再说了吧，爱情无非都是那样，在几千年的戏曲里唱来唱去，在文学作品里写来写去，都是程咬金的三板斧，没什么稀奇的。

经历如此，还相信爱情吗?小蚊子笑了，为什么不相信，玄武湖永远不会相信栖霞山的红叶之美，钟山也永远不能知晓清凉山曾经的辉煌，因为它们没有亲眼见过，但是没有见过，不代表那些不存在。

小蚊子的表情温柔而坦然。

有些结了婚的女人发现男人变心了，也不愿意放手，咬牙切齿地喊，我再也不相信爱情了，我要跟他耗着，到老到死，我没法活也不会让他好好过，于是久而久之，面目也狰狞起来。何必呢，这样你能快乐吗?

人生何苦为难自己。你没有爱情，但你不能不相信爱情。好好活下去，等待属于自己的爱情来临不是更好?

可是，如果没有等到呢?我问。

那有什么关系，至少我等过，不是吗?小蚊子轻快地笑了。

生命中除了爱，其他的都是行李

朋友阿新的爱人早晨起来穿了一件非常漂亮的衣服和一双卡哇伊的鞋子，很开心地在阿新营造的烟火气中洗漱吃饭。

吃的是阿新准备的早餐，一个煎好的鸡蛋，配上两片西红柿，有一份三明治，里面夹的是阿新大早晨起床煎的培根和挑选的蔬菜。

鸡蛋被阿新做成了心形，虽然有些许的焦糊，但看上去就知道很用心。

美好的一天从幸福中开始了。

不光是女友，阿新也同样幸福。

阿新宠溺地看着自己的女朋友，非常好看，非常完美，简直是才华与美貌并存，能力与颜值齐飞。

女朋友笑了，推开门，迎接新一天的工作。

女朋友到了单位，遇到同事。

她很自信地问对方，自己的裙子好看吗？自己的鞋子好看吗？

对方开着玩笑，呀，怎么说呢，你的裙子只有十五岁，鞋子十八岁，但你的人却是三十岁。

头顶冒青烟，五脏俱焚。

交友不慎啊！

女朋友不能理解，为何对方把毒舌用在这里？为什么？大家虽说不是朋友，但抬头不见低头见啊，一句赞美的话都没有，你难道不能闭嘴不说，淡淡一笑都不会吗？

何必如此，女人何苦为难女人！

对方根本不理会，继续工作，那一刻女朋友的脸僵了。

回到家，她对阿新义愤填膺道，我涂他们家的面霜了吗？用了他们家的面膜了吗？吃他们家的大米饭还是喝他们家冰箱里的果汁了？

都没有！

都没有，凭啥，凭啥那么说我？

她凭什么？

她很不高兴，接着便牵连到那套衣服上去了。

为什么要让我买这件衣服？为什么要让我穿？穿就穿了，为什么还假惺惺地说好看？

阿新有些沮丧，为什么要因为一个不相干的人说的一句话，把心情搞得如此糟糕？

你知道吗？我是多么希望你能快乐，难道我的希望，我的努力，我的呵护，都比不过一个不相干的人一句话吗?

当然不是这样，阿新也知道，等女朋友心平气和下来，他们的爱情依然甜蜜，他们的故事会继续下去，那个人也只是一句话而已，不会在心里留下太多的印记，顶多不过是以后上班的时候，彼此不多说话而已。

但是那一刻，阿新真的有点失落。

生命中除了爱，其他的都是行李。

得到爱比其他任何事情都重要，都值得去呵护。

如果身边有一个阿新在爱你，在用赞美而平实且发自肺腑的语言称赞你，让你拥有了一份好心情的时候，请不要因为其他的缘故影响到这份心情。

这份心情是宝贵的。

因为除此之外，其他的只是一份可有可无的行李。

别再把你最好的脾气给陌生人，却把愤懑的面孔留给最亲的伴侣。

珍存爱，滋养爱，行走下去，为了这份爱。

把所有的不安拥抱成温暖

有人问我，什么是爱？

其实爱没有那么玄妙，爱来得很实际。

前段时间，看到一篇文章，大致的意思是，每一次她约一个男孩，那个男孩都会出现，而且没有任何推脱。

女孩觉得很奇怪，为什么所有人都那么忙，这个男孩却那么闲呢？

比如她想吃杧果，于是在朋友圈里发了一条很想吃杧果的信息。

当天下午，男孩就会到她公司的下面，打电话给她，让她下来。

她觉得很奇怪，怎么他突然出现了，下了楼才发现，他竟然带了一袋子杧果。

女孩很意外，他没有事吗？他难道真的很闲吗？

再比如，一男孩今天不想工作，觉得很烦躁，请了假，放下所有的工作，想出去逛街，散步，游车河。给身边朋友打电话，几乎所有人都会说，亲，真的好忙，一堆事儿，不跟你说啦，我先忙了，回头约你哈。

男孩有些沮丧，于是发了一条说说，不一会儿，便有一个朋友给他打电话，亲，你觉得很无聊吗？不如我陪你去喝杯咖啡吧。

于是半小时后，他们在街角见面，他们喝咖啡，聊天，然后吃饭，看电影，他们评论着咖啡的味道，饭菜的独特，看上去十分悠闲。

男孩觉得自己的工作实在太忙了，这一个多月来，都一直在忙，今天的时间也是自己硬生生给排出来的。

他问这个朋友，你的工作真是轻松啊，随时都有时间。

对方笑了，哪儿有时间，只是你比工作重要，现在你需要陪伴，我就暂时放下工作了。

这个也许就是爱吧。

当你失去一种依托，觉得寂寞难挨的时候，当你需要有一个人静静地陪伴着你，聊一聊不着边际的话的时候。

也许这些话根本没有什么用处，但是你需要的正是这样的感觉。

它是一种很微小的安全感和幸福感。

我的朋友簌簌跟我说，当初和男友谈恋爱的时候，决定买一套房。

男友拿出了积蓄首付一套房。

簌簌什么都没有说，她觉得考验男友的时候到了。

那就是，他究竟会不会在未来的房产证上写上两个人的名字。

他甚至接到了姐姐的电话，簌簌说到这里大笑，当时这个傻愣愣的男孩竟然用了免提，她就坐在旁边，听到男友的姐姐语重心长地说，千万不要加簌簌的名字啊，万一她到时候不跟你在一起，你怎么办？你的房子必须要分她一半啊，你可以先写自己的名字，结婚了，再加上簌簌的名字。千万啊，千万。

男友吓得赶紧把免提关了，连连说知道了。

簌簌的脸笑得极其卡通，她还是不发一言，她是爱他的，即使他不加自己的名字，她也会一如往常对他，只是这一次似乎可以衡量一下，他对自己的心。

房产证下来，上面写着簌簌和男友的名字。

男友说，我要跟你在一起，所以我希望能和你共同拥有一切东西，房子当然是，只有拥有共同的东西越多，才能让我感觉到我们是一个整体。

爱就是默默地给她安全感。

什么是爱啊，很简单，这就是爱。

情人节的那一朵花

那天是情人节，非常寒冷。

朋友的闺密是开花店的，为了帮闺密卖花，朋友在寒风中一直站到了晚上十一点。

似乎有点煞风景。

他告诉我，第一个让他印象特别深的是一个二十来岁的女孩。

女孩走进花店，看了看花，眼神里有一丝失落。

朋友问她，想买花吗？喜欢什么颜色的？

她微微一笑，什么颜色不重要，关键是看谁送啊，自己买的，就是金子打出来的，镶上钻石也没有意思啊。

我男朋友一直在外地，忙得很，估计根本没有想到今天是什么日子。她沮丧地说。

为什么不提醒他呢？我朋友问。

提醒？提醒了还有什么意思？

女孩有些愤愤，继而什么都没有买，离开了花店。

还有一对小夫妻。

那个男人看起来很阔绰，开着宝马，他的爱人先下车，走进花店，看到蓝色玫瑰，两眼放光，她喊他老公，我很喜欢这个。

那个男人有些焦躁，似乎很着急，一直打着电话，发着微信。

总算是停下来之后，不耐烦地说，这有啥好买的，要这些有什么用？赶紧的，还有事儿呢。

女人没有争取，更没有强求，和男人上了车，但脸上挂满了失落。

我朋友说，当时他突然想到了第一个女孩说的话，强求对方买和要来的花有什么区别？而要来的花和自己买的又有什么区别？这个女人没有争取，估计就是这个缘故吧。

男人为什么不能留一点时间去看看妻子想要什么呢？

是一朵蓝色玫瑰吗？

显然不是，女人要的是你在意她，你有没有把自己的心思，哪怕一点点放在她的身上。

陪伴是最长情的告白。

不关注，何来陪伴呢？

还有一个六十多岁的中年伯伯，很害羞地选了一朵红色玫瑰，说要买给自己的老伴，选的时候，说话都哆嗦了。

这么多年，都没有奢侈地浪漫一把。买回去，老太太一定会骂自己乱花钱。

但是，中年伯伯还是买了，他就是要送给他的老伴。

他知道老伴有多么不舍就有多么开心，就知道在自己的心里，她有多么重要。

晚上，我朋友闺密的父母来花店。

叔叔很喜欢那一大捧红色玫瑰，九十九朵，要买给阿姨。

阿姨脸上笑开了花。

自己家里的东西买什么买呢？阿姨摆了摆手，心到就好，找一些脱落的花瓣，打个包，回去泡脚。

那我给你洗脚。叔叔接话。

两个实用型的爱人如此甜蜜地准备着属于自己的情人节。

我朋友说完了，感慨道，其实每一对情人都并不是需要那一朵玫瑰，而是那朵玫瑰后面的眼睛，有没有在关注着他。

爱就是不停地关注，爱就是你肯花时间陪伴在她的身边。

我不需要天长地久，只需要从你的全世界路过。

爱是坦白，亦是尊重

我朋友给我打电话，她的语气很沮丧，她的爱人要跟她分手。

几乎一把鼻涕一把泪，你知道吗？我对他有多么好。

我每天都会给他做他最爱吃的饭菜。你知道的，我是多么喜欢吃辣，就是因为他不喜欢吃辣，所以我现在也不吃了，一点都不吃。

我那么不喜欢动的人，因为他喜欢旅游，我就跟他一起出去东奔西走。你知道我多么委屈自己吗？就为了成全他的爱好。

他凭什么一脚把我踹开！

说完，我朋友大哭了一场，然后淡淡地说，算了，该走的总是要走的，不走的，撵他也不会走。天要下雨，娘要嫁人，随他去吧。

好似她认识了一个白眼狼。

其实不是——

真的不是这样的。

他们的爱情我是一路看过来的。

说真的，有时候我都不知道他们是情侣关系还是母子关系。

她的爱简直如同一个女人对她的儿子。

的确，她对他真是好。

比如有一次他发烧感冒，她不但在一边陪着他，还给他变着法子弄吃的，既要考虑对病人身体的重要，又想让他开胃多吃点，真是想尽一切办法。

还有一次，她在外面看到一家超市卖一个品牌的咖啡。那种咖啡在国内真的不是太好买，但是他爱喝啊。所以即使那个地方离他住处很远，她也要给他搬一大箱回去。要知道，那时候她也没有车，南京的夏天足以把人烤死，她就扛着大箱子的咖啡，硬是充当一个不让须眉的巾帼，一路扛到公交车站，上车，下车，搬上搬下，只为他喜欢喝。

要说，这样的女人，似乎没人愿意放弃。

得知我幸，失之吾命。

但是，两个人在一起，真的只是呵护就够了吗？你要找的不是儿子，他要的也不是一个和他年龄相仿的母亲。

她的错误就在这里。

有时候，的确是他做错了，但她对他的关心方式也是错的。比如他一时疏忽将刚买的咖啡弄洒把鞋子弄脏了，比如他太累了，一脚踢在了马路牙子上痛得他龇牙咧嘴。

这个时候，她会大骂他一顿，虽然她是因为关心他，疼惜他，但是这种不顾场合的大骂让他不知所措。他不知道该回击过去，还是该沉默不语。身边人尴尬地看着他们，仿佛发生了一件什么不可饶恕的事情。

至于其他的事情，如果不遂她的心愿，自然又是一顿吵闹，比如他们一同出去旅游。他买的是一等座的票，而一向节俭的她却根本不能容忍如此花费，要求他退票，重新买二等座。同样的车，为什么非要多花那么多钱呢?

他只好去换，然后带着一点不悦，上路，这一路上的风景，他究竟能感受多少快乐，我不清楚。但我知道，她会在比较盘算中度过吧。

这样的爱情你说是不真诚的吗?

当然真诚。

你说她不爱他吗?

当然爱。

很多人说，爱情，只要爱就够了呀，但真的是只有爱就够了吗?

这样的爱，很多人估计都无法接受，但是很多施与方却并不知晓。自己已经给予了，为什么他还这样对我，为什么还要离开我?

这样的白眼狼真是让人恶心。

话传开了，别人会同情她，厌弃他，但是事实却并非如此。

其实，爱不是给他吃喝，不是要你多么尽心尽力地去照顾他，而是你要尊重他，在尊重的前提下，让他快乐，这才是真正地爱一个人。

其他的，说得好听点，你是在照顾孩子，说得不好听点，你是自私的专制，你想得到的就是享受你所做的一切，你根本没有去爱一个人。

尊重了对方，咱们才能坐下来说点别的。

有故事的人才能听懂心里的歌

2003年的时候，孙俪还不是甄嬛，还不知道芈月是谁，那时候的孙俪扎着一个马尾，清亮的眸子，阳光的笑容，朴素自然得如同一朵阳光里的小雏菊。那个时候的孙俪叫“安心”，刚刚在演艺圈崭露头角。

是的，我要说的是2003年那部让孙俪为大众所熟知的《玉观音》。

剧中的安心是一个外表纤弱而内心强大的女孩，她是那样淡然地处理着自己的外表，让你觉得她似乎没有任何心思，也没有任何内心的负担，而实际上，她的经历何止是天翻地覆。

当另外一个男人不小心闯进了她的世界后，突然发现一切都变了，她的世界终于被人打开了一个缺口，于是所有的情感奔涌而出，这才是真正的安心。她像一团火焰燃烧着每一次的爱情，全心地投入，哪怕让自己灰飞烟灭。

海岩说，玉观音，代表着大慈大悲，代表隐忍和宽容。如同安心。

安心的经历是一场对生命的宽容，也是一场对心灵的救赎，它让安心隐忍着痛苦和折磨，她必须把一切深深隐藏，才能给自己留下一片可以释放的天空，所以当杨瑞出现的时候，她突然放弃了隐藏，因为她知道，自己需要的依托和爱出现了，与此同时，她的世界出现了缺口，平淡的生活就此消失殆尽。

故事从若干年前开始，那个时候的安心同样过着平稳的生活，有自己的丈夫铁军，他爱她，婆婆对她视如女儿。她在缉毒大队担任文员，每周和丈夫见面一次。他们的生活非常平和，安心和很多女孩子想的是一样的，这样幸福地过一生，有一个丈夫宠爱自己，白头到老，这是一个非常典型的中国式幸福家庭。

可是，安心认识了毛杰，让她的人生打开了一个缺口，从此不能再安分下去了。

她放纵着自己，和毛杰在一起，她似乎成了另外一个安心。

她忘记了那些安稳的生活。

直到有一天，她喝多了，他们在自己的房间里享受了爱的冲动之后，安心幡然醒来，原来这些是不应该属于自己的。

这个世界也不是自己的。

她要出去啊，回到铁军的身旁。

她几乎立刻断掉了和毛杰的任何联系，回到铁军的身边，似乎一切都平静下来。她发现怀孕了，她欣喜地和铁军等待着孩子的到来，她并不知道孩子成了她厄运的开始。

然而真的能平静下来吗?

随后一场缉毒案件由她来执行，而对方接头买货的人正是毛杰。毛家人被一个个缉拿归案，最终判处死刑，而毛杰逍遥法外，安心的生命开始受到了威胁。

这个节骨眼上，铁军发现了孩子竟然不是自己的，在紧急撤退当中，铁军被毛杰击毙。

从此安心过上了逃亡的生活，从此也没有了快乐。

后来遇到了杨瑞，杨瑞给了她快乐，但她知道这快乐是虚无的。直到有一天毛杰来寻仇，在不知孩子是自己的情况下杀死了孩子……

安心崩溃了。

毛杰被击毙，安心离开了这个城市，在组织的保护下，隐姓埋名，重新开始生活。

一切都平静下来了。

故事外的安心能够平静下来吗？她的回忆会吞噬着她，会成为她人生的包袱，沉重而又无法抛下。

安心的内心应该是空洞的，被虫噬着。

这样的人生到这里就完结，再下去，就是一片黑暗。

人生都是这样，从平静走到波澜起伏，再回平静似乎没有那么容易了。

有故事的人恐怕再也回不去了。

比如安心……

不知道真相没什么不好

看《金枝欲孽》的时候，太监小禄子为了留住宫女安茜，将安茜奶奶的死亡真相告诉了她，是皇后派人所为。为了报仇，安茜留在了宫中。

安茜痛苦，悲伤，却又无可奈何。

她拉着小禄子，恳切地说，你为什么要告诉我这个真相，如果我不知道这些，以为奶奶就是死于一场意外。那么我就可以年满出宫，我可以嫁人，可以过平平淡淡的生活，我会快乐。可是你现在告诉我真相了，你让我如何自处？我没有办法再欺骗自己，再快乐地走出这片红墙黄瓦，我注定要去痛苦过完余下的人生。

安茜的痛苦，小禄子感同身受。

小禄子没有说话，但是他知道，如果不这样做，等安茜出宫，他将永远也看不到她了，他不要这样，他要留住这个他爱的女人。

最后小禄子为了帮助安茜报仇，给皇后下药身亡，而安茜也因为最终的暴民袭击内宫而死亡。

知道真相有时候并不是一个非常好的选择。

安茜说得对，她宁愿不知道真相，那样可以轻松，无忧无虑地活着。

接下来，我要讲的是一个非常奇幻的故事。出自梁代吴均的《续齐谐记》，故事的名字叫“阳羡书生”。

一个叫许彦的卖鹅人，背着两只鹅准备去下一个集市卖，途中遇到一个书生。

书生脚扭伤了，问许彦，我可以在你鹅笼子里坐着休息一下吗？许彦只是觉得奇怪，笼子如此之小，里面已经有两只鹅了，你如何坐得下？书生则笑了笑，表示，没关系，我可以。

他还真的坐进去了，并且鹅人互不骚扰，而许彦背起笼子也没有觉得有任何沉重。两人行至阴凉处，坐下来休息。书生问许彦是否饥饿，许彦点头称是。那书生竟然从口中吐出整盘整盘的珍馐美味佳肴，美酒飘香，许彦吃着，觉得从来没有吃过这么好吃的饭菜。

你以为这已经是最神奇的了，非也，还有更奇特的。

书生放大招了！

书生说，这样吃着无味，我带了一个妇人，让她陪我们吃饭，便从口中吐出一个妇人来。妇人极其美貌，陪伴两人吃饭，更是尽兴。酒足饭饱，书生便小憩于树下。那妇人道，其实我还带来了一个我的老相好，让他出来与你一叙，于是妇人从口中吐出一个俊俏的男子来，把许彦给看傻了。那妇人又从口中吐出一张床来和那个相好睡下了，用一个帐子隔开。那男子等女人熟睡了，走了过来，告之许彦，他其实还有一个相好，于是从口中又吐出一个女人来。看得许彦整个人都呆了。

故事的最后，当然是如同俄罗斯套娃一样，套了回去，只剩下了许彦和阳羡书生，两人就此拜别。

很多人觉得这个故事很神奇，有着空间奇幻感。

但我却从中看到了欺瞒。我不相信有如此亲密关系的众人，日日相处而不知道其他人的存在，他们为何能如此乐呵呵地生活着，原因只有一个，他们没有去探寻事情的真相，他们要的就是幸福的生活。哪怕这种幸福是虚假的，那又怎样？开心就好。

愿你也能奋不顾身
去爱一个人

有一期《金星说》，请秦海璐做嘉宾。

金星问秦海璐，你遇到爱情和其他方面相矛盾，只能二选其一时，你会怎么做选择？秦海璐说，遇到爱情你能怎么选择？爱情和生死一样，是你无从选择的事情啊。

秦海璐说，我觉得爱情来了，做任何出格的事情，什么飞蛾扑火，什么万劫不复，这些都是很正常的，你没有选择的余地。如果你真的能选择，那就不是爱情。

秦海璐说得太对了，其实真正爱情到来的时候，你是没有什么可以选择的，你只有一路走下去，捧着真心交给对方，有时候你会觉得委屈，有时候甚至觉得不甘，但是很可惜，你无法选择不去爱。

看过《大鱼海棠》的观众，很多人说，湫是不值得的，为了椿付出一切，到头来得到的一句话却是“你对我真好，像哥哥一样好”。

我也觉得湫不值得，然而又能怎样？你爱上一个人，便是甘愿为她付出了。哪怕你知道她用她的生命去替换了另外一个所爱的人，你也会奋不顾身地用自己的生命去弥补她的缺失。

没有选择的余地。

椿不也是一样吗？为了报答鲲的救命之恩而愿意付出一切。

这个救命之恩，其实是夹杂着爱的，他们曾在大海里嬉戏过，来到人间的椿对鲲是那样迷恋，但因为害怕人类，只能远远地凝望，直到有一天，他为了救她而付出了生命。她恍然觉得自己应该把生命还给鲲。其实她错了，她其实并不是在还债，她只是爱上了这个男孩，并且有了与他亲近的机会。

因为爱情，她奋不顾身，所以她犯下了天大的错误。

为了鲲，她弃整个种族的安危于不顾，这个当然是很错误的选择。然而那个时候，爱情来了，排山倒海一般，她已经失去了思考的能力，这就是爱，像嫘祖浣纱时的那一刹那，将所有的湖水染成了纱的颜色，别无其他。

椿的迷茫，椿的焦躁，椿的自私，都是因为爱情的缘故。

她当然知道湫对自己的爱，当然知道他对她并不是哥哥对妹妹的好。然而她不能去承认，也不能去接受，因为此刻她已经无暇顾及其他了。

当然，这么说其实也无意于为椿翻案，她做的事情本质上是错误的，如果你不能接受一个人的爱，为什么一直没有去拒绝他呢？你也不能因为你的爱情置整个种族的安危于不顾，你没有权力去决定别人来为你的爱情埋单。

只是爱情，真的就是这样的。

我倒是很羡慕湫，能够为自己爱的人付出一切，乃至生命，去成全爱人的梦想与爱情，我想除了心酸之外也有一点幸福吧。在爱的世界里，给予比得到更让一个人觉得幸福。如果真的有这样一个人，让你愿意为她奋不顾身，付出一切，你觉得这不是一种幸福吗？只是真正的爱情太少了，很难激发我们内心想要付出一切的决心。

《红楼梦》里绛珠草说，我要用一世的泪去还他今生的浇灌。绛珠草错了，其实她是爱上了神瑛侍者，她之所以愿意付出一切，并不是为了报恩，而是为了爱情。

愿你也能遇到一个人，让你奋不顾身。